爆肝工程師的異世界狂想曲

15

愛七ひろ

Death Marching to the Parallel World Rhapsody

Presented by Hiro Ainana

Kadokawa Fantastic Novels

插畫／shri

爆肝工程師的
異世界狂想曲
15
Kadokawa Fantastic Novels

亞里沙
前庫沃克王國公主，
前世為日本人。
蜜雅
喜歡音樂的寡言精靈。
波奇
犬耳族少女。
小玉
貓耳族少女。

露露
出身於庫沃克王國，
亞里沙的姊姊。
娜娜
面無表情的魔造人。
莉薩
橙鱗族少女。
佐藤
闖進異世界的三十歲左右
程式設計師。

卡麗娜窩在房間裡不出門，
佐藤說——
「我嚇到您了嗎？」

C O N T E N T S

Death Marching to the Parallel World Rhapsody 15

潔娜的修行 008
潛伏在黑暗中的東西 046
放鬆 055
修行的成果 095
麻糬派對 171
再次造訪迷宮下層 185
啟程 209
前往王都的旅程 241
造反的天空 281
驚險的航線 315
尾聲 352
EX:蒂法麗莎 361
後記 378

潔娜的修行

「我是佐藤。每個人要踏出某個第一步的時候，多少都會害怕吧？但是我覺得有勇氣踏出第一步的人，眼前就會見到新世界。」

「佐藤先生，其實我——」

眼前女子滿臉通紅，紮著一頭太陽般閃耀的金髮，握拳仰望著我。她正是聖留伯爵領軍的魔法兵，馬利安泰魯士爵家的潔娜小姐。

我跟她在我迷宮都市的大宅門前碰了面。

「——其實我，有事情要拜託佐藤先生！」

「要拜託我什麼呢？只要我辦得到，一定幫忙。」

不知道潔娜小姐要拜託什麼，但是她都開口了，我想盡力幫她。

「我想變強，強得足以照顧別人……」

我還以為人家要對我告白，看來我是太自戀了。

好吧，如果真的要告白，也不會穿領軍的軍裝來啊。

潔娜小姐認真地仰望我，繼續說了。

「所以請佐藤先生告訴我！要怎麼樣才會變得跟你們一樣強呢！」

「──要怎麼變強是嗎？」

我有點愣地反問回去。

看來在大宅玄關裡偷看的同伴們也愣住了，門裡傳出一股失落的氣息。

大家以為潔娜小姐希望我們幫她搞力量式升級，結果耿直的她只想知道變強的祕訣。

先前聖留伯爵領軍迷宮選拔隊才剛去探索迷宮，結果潔娜小姐遭到高等魔物──劍斧螳螂偷襲，受到瀕死的重傷。

碰巧有個吸血鬼真祖班（是個轉生者）路過，班使出吸血鬼的霧化技能救走潔娜小姐，大家還以為潔娜小姐被神祕魔物給抓走了。

最後我是假裝庫羅受到佐藤的委託，把潔娜小姐救回地表，但如果班沒有碰巧經過，潔娜小姐很可能已經沒命。

她吃了這麼大的苦頭，會想變強也是情有可原。

「是，我知道我的要求很厚臉皮。」

潔娜小姐似乎以為我拒絕，視線微微低垂，語氣往下沉。

「拜託了！我什麼都願意做——」

潔娜小姐又猛然抬頭，急迫地求我。

看到這樣奮不顧身的潔娜小姐，讓我想起自己剛到聖留市的光景。

當時她好像說什麼「賭上馬利安泰魯家的名聲，必定要向您道謝」之類的。

「潔娜小姐請冷靜點，我當然可以告訴妳啊。」

潔娜小姐心急如焚，我拍拍她的肩膀要她冷靜。

「而且年輕姑娘可別說什麼『我什麼都願意做』喔。」

「呃，對不起。」

我半開玩笑地提醒潔娜小姐，她也發現自己失言，低下頭來。

「那，有關要怎麼變強的事情呢……」

「是，可以把佐藤先生方便透露的部分告訴我嗎？」

「我們做的事情也沒什麼好保密的。」

我話說在前頭，然後講解鍛鍊同伴的方法。

「潔娜小姐也知道，莉薩她們是在聖留市的地下迷宮升到一定的等級，其他同伴則是在旅行途中碰到高手，向高手討教。不然就是碰到魔物或盜賊，過關斬將慢慢累積經驗值。」

在公都之前的那段路，只有露露接受過力量式升級吧？

穆諾男爵領的怨靈城寨，頂多是由我確保了安全地區，其他就只有普通交戰而已吧。

「到了迷宮都市之後，我們就窩在迷宮裡打些同等或稍微高等一點的魔物，一直打不停。我想跟各種強敵交戰，還是變強的最好方法了。」

栽培同伴讓我發現到，只要魔物跟自己等級相同，打倒個二十隻就會升級了。要是魔物等級比自己低，得亂殺一大堆才會升級。

另外精靈升級需要比人多一倍的經驗值，所以只有蜜雅會由我帶著跑力量式升級，調整平衡。

「啊，那個，佐藤先生，我聽『銀光』的人們說『探索家通常不會挑戰同等或高等的對手』，或是『不管報酬有多高，受了重傷還是賠本，所以只打能夠安全戰勝的對手』。難道這些都是錯的嗎？」

潔娜小姐聽中堅女性探索家團隊「銀光」這麼說過，所以拿來問我。

「哪裡，很正確啊。」

我的答案等於推翻了自己剛才的說法，讓潔娜小姐有點糊塗。

我覺得自己沒講清楚，所以補充一句。

「所以我會做好準備，讓同伴能夠挑戰更高等的對手。」

潔娜等著我繼續說下去。

「我會盡力張羅最好的裝備，避免同伴受傷，還準備豐富的回復手法來療傷——」

現在我對裝備有信心，就算同伴跟上級魔族對打也不會輕易死掉。

「——然後還要收集情報。」

「情報是嗎？」

「對，要掌握迷宮的地形、魔物的分布，提高作戰優勢。調查目標區域的魔物出沒情報，跟同伴們分享，有了這些安排就不用同時應付多數對手了。」

好吧，其實我都是用「探索全地圖」魔法研究地圖詳細資訊而已，口氣也不能太大。

然而收集情報可是探索迷宮的一大關鍵，所以我才刻意說得這麼誇張。

「……太厲害了。」

「迷宮第一區域裡面出沒的普通魔物情報呢，探索家公會都有公開。迷宮的地圖店呢，也有人會在地圖上標示魔物出沒的情報。至於哪家地圖店比較有幫助，就找老手探索家們多多交流討教吧。」

我也建議潔娜小姐，來參加我所主辦的新手探索家講習會。

探索家學校利用迷宮區域來實習，我可以提供實習區的地圖，當然也可以調查其他區域製作新的地圖。

「對了，莉薩她們的第一個老師目前正在探索家學校當講師，不嫌棄的話就介紹給潔娜小姐認識吧。」

「哎喲！主人真是太見外啦！」

女童亞里沙以精神飽滿的聲音插嘴，她正戴著金色假髮掩飾相傳不吉利的紫髮。

亞里沙剛剛還躲在大門後面偷看，應該是看到受不了而衝出來的。

「要老師，我們就是啦！」

「交給我～？」

「波奇也能教的喲！」

亞里沙豪邁地拍胸脯；左右兩邊分別是貓耳貓尾白短髮的女童小玉，與狗耳狗尾棕髮鮑伯頭的女童波奇。

她們擺出咻比和咻答的姿勢，對潔娜小姐展現鬥志。

「如果是槍法，以及跟魔物周旋的步法，在下應該可以指點幾招。」

追來避免小玉跟波奇做出失禮舉動的莉薩也對恩人潔娜小姐這麼說。

她的尾巴長滿橙鱗族特有的橘色鱗片，現在前端驕傲地翹起展現幹勁。

「盾術可教，我這麼宣告道。」

莉薩後面有個金髮綁馬尾的巨乳美女娜娜，面無表情地這麼說。

「魔法。」

我後面的蜜雅只說了兩個字。

意思應該是「魔法就由我來教」吧。

淺綠色頭髮紮成雙馬尾，髮絲之間露出精靈特有的微尖耳朵。

「我只會防身術跟射擊，不嫌棄的話讓我也來幫忙吧。」

絕世美少女露露說得很謙虛，但她真的可算是一笑傾城。

一頭閃閃動人的豔麗黑髮，在迷宮都市賽利維拉的沙漠狂風下悠然飄盪。

「潔娜小姐覺得如何？我的同伴們算不上什麼高手名師，但是一起練功也不錯吧？」

「啊，是！請大家務必多多指教！」

我問，潔娜小姐猛點頭。

今天本來打算帶潔娜小姐去一家好餐廳吃午餐，但這也不急，延期應該不打緊吧。

◆

「今天潔娜小姐她們說要去探索家學校受訓，卡麗娜大人有打算同行嗎？」

「……去探索家學校受訓？」

我主公穆諾男爵的二女兒卡麗娜小姐聽了我這個邀請，豔麗的外表卻露出不太情願的氣息。

她把華麗的金髮蛋捲頭往後一撥，反彈地拋下一句：「才不要。」看來去探索家學校體驗半天就被退學，造成她心靈的創傷。

「一起去吧～？」

「波奇也會陪著妳去喲！」

小玉跟波奇也勸卡麗娜小姐去。

看來兩人把年長的卡麗娜小姐當小妹看了。

「才不要，妳們兩個不覺得『實戰才是最好的訓練』嗎？」

卡麗娜小姐此話一出，小玉跟波奇握拳顫抖。

「糟糕喔～？」

「就、就是這樣，波奇竟然這麼軟爛，都掉落了！」

波奇應該是想說「這麼懶散，都墮落了」吧。

要說懶散也沒那麼嚴重，不過確實這兩星期內都只跟同等魔物交戰，波奇或許覺得自己太懶散了。

「妳們懂就好！我們要去迷宮！可以吧？」

成功說服小玉跟波奇的卡麗娜小姐，雙臂交叉在胸部下方，得意地盯著我。

雙臂撐起的那對魔乳，使出凶殘的魅惑效果要吸引我的雙眼，我靠著意志力移開目光。

「好，當然可以。今天也要打迷宮蟻嗎？」

「當然的！」

「卡麗娜大人說是不是？」

回我話的不是卡麗娜小姐，而是她的兩名護衛女僕，有著小嘍囉口氣的艾莉娜跟新人妹。

新人妹感覺很苦命，都沒有人喊她的名字，但她本人好像也不在意，我就等艾莉娜喊她的名字好了。

「那當然了！」

卡麗娜小姐也不在乎，點頭答應。護衛女僕的主管侍女碧娜，立刻斥責剛才兩名下屬的言行太囂張。

怪了，碧娜穿的並不是亞里沙在穆諾男爵領推廣的女僕裝，而是方便活動的戰鬥服配上老舊的皮甲，還背著迷宮都市挑夫常用的大籃子。

「哎呀？碧娜也要去迷宮？」

「是，畢竟待在大宅裡沒事情做，如果只是搬運迷宮蟻材料，我應該幫得上忙。」

說詞聽來有情有義，但是雙眼「金」光閃閃，我看透她了。

上次卡麗娜小姐探索迷宮回來，說把大批搬不了迷宮蟻材料都丟在迷宮裡，碧娜肯定覺得可惜。

其實為了避免糾紛，我有吩咐過同伴不要用妖精背包搬運魔物材料。

「有危險的話就丟下材料逃跑，千萬別受傷喔。」

保險起見，我先警告一下碧娜。

◆

「老爺，馬利安泰魯閣下一行大駕光臨。」

卡麗娜小姐一行人在小玉和波奇的護衛之下前往迷宮，大概又過了不到一小時就換潔娜小姐一行人上門來。

女僕長米提露娜小姐帶我來到客廳，只見裡面已經等著潔娜小姐，以及她分隊上的三位女兵——潔娜小姐的斥候好友莉莉歐，耍大劍的美女伊歐娜小姐，以及大塊頭的大盾兵魯鄔小姐。

怎麼，好像還有另外三個湊熱鬧的？

原來是潔娜小姐她們聖留伯爵領軍迷宮選拔隊的隊長，年輕的騎士韓斯，還有男女文官各一名。

潔娜小姐之前說過，領地裡出現新的迷宮，為了學會迷宮經營法，迷宮選拔隊才要來迷宮都市賽利維拉學習怎麼維持治安與經營公會。

「騎士韓斯，好久不見。另外兩位是第一次見面吧？幸會，在下穆諾男爵家的臣子，佐藤．潘德拉剛榮譽士爵。」

我報上名號，兩名文官也文謅謅地回報名號；髮線有點高的中年男文官是特利爾，另一個二十好幾看來正經八百的女文官是卡拉娜。

「聽說潘德拉剛士爵先前提供潔娜等人一批昂貴的魔法藥，若不是那批魔法藥，我手下必定有多人喪命，由衷感謝士爵的大恩。」

「能幫上忙是我的榮幸。」

騎士韓斯向我道謝，我也禮尚往來。

應該是說潔娜小姐要去迷宮之前，我給她中級魔法藥、萬能藥等各種魔法藥的事情吧。

「同時也要感謝潘德拉剛士爵，費心費力拯救了魔法兵潔娜。」

騎士韓斯說完，換男文官向我道謝。

看來韓斯隊長跟兩位文官跟著潔娜小姐她們來，是為了感謝之前的事情。

「這是我等聖留伯爵領軍迷宮選拔隊的一點小心意，還請笑納。」

男文官示意，女文官拿出一只布包放在桌上，打開來看是只木盒。

木盒裡有以飛龍鉤爪做成的昂貴匕首，以及兩只小壺。

ＡＲ顯示一只小壺裝著精煉過的龍白石粉末，是「萬能解毒藥」的主要材料，另一只小壺裝著名叫飛龍香的香料。

雙方在迷宮都市裡都頗為昂貴。

「好漂亮的匕首，是用飛龍鉤爪做成的嗎？」

「沒錯，是聖留伯爵領名匠圖雷邦師傅所打造的精品。」

男文官說得有些自豪。

「那可真是了不起，我就不客氣收下了。」

飛龍的鉤爪很堅固，用來切剖魔物想必方便。

我想他們道謝完就沒事，但人家事情辦完就送客也不太有禮貌，我們就隨口聊了幾句。

「──那我們就此告辭，潔娜她們就勞煩士爵關照了。」

「好，請交給我辦。」

話題聊完，騎士韓斯就說要告辭，我和他握手之後送走騎士與文官。

男文官和騎士韓斯要前往太守公館，女文官好像要去探索家公會。

三人搭乘馬車離去，然後我和潔娜分隊的四人徒步走到大宅隔壁，也就是探索家學校。

◆

「佐藤先生，真的可以借用這麼昂貴的裝備嗎？」

「這是我同伴們用過的舊貨，修補修補而已，就別放在心上了。」

潔娜小姐她們先前跟劍斧螳螂交戰，裝備還在修理中，所以我把以前同伴用的裝備重製之後借給她們。

這些舊裝備要對抗「區域之主」是不行，但是抵抗下級魔族應該綽綽有餘，至少對上劍斧螳螂不至於受到致命傷。

「這、這些是舊貨？」

「怎麼看都是全新的吧？」

「魯鄔，莉莉歐，妳們太不識相了。這可是士爵大人的好意，別多嘴了。」

魯鄔小姐跟莉莉歐面面相覷，伊歐娜小姐小聲勸誡。

「這也是啦。」

「看起來是魔物材料做的，輕巧又堅固，挺不錯的啊。」

「好像也很耐打喔。」

「喂，伊歐娜，不要打我肚皮測試啊！」
我第一次看到穩重的伊歐娜小姐耍寶。
看來新裝備讓她相當興奮。
「哎喲！應該先向佐藤先生道謝吧？」
潔娜小姐似乎也很高興有了新裝備，勸誡的音調有點愉悅；她喜歡就太好了。
潔娜小姐一行再度向我道謝之後，我們就確認行程。
「訓練期間由於我們八天後要搭乘飛空艇前往王都，所以只能練到我們出發的前一天，可以嗎？」
「是，沒有問題！」
潔娜小姐一口答應，莉莉歐則問了。
「少年去王都做什麼啊？」
「我們討伐『樓層之主』有功，要去接受表揚啊。」
「哇——好強喔。」
莉莉歐接著對潔娜小姐耳語說：「潔娜，少年又升官了啦。」
「然後就是主公穆諾男爵，要率團前往王都出席年初的王國會議，我得將主公千金卡麗娜大人送到王都。」

「卡麗娜大人，就是那個金色捲髮的大美女嗎？」

「對，就是她。」

我這麼回答，莉莉歐又捉弄潔娜小姐說：「妳再發呆，少年就要被大美女搶走啦～」

潔娜小姐看來真的很擔心，所以我否認說：「我和卡麗娜大人不是那種關係啦。」

亞里沙跟蜜雅也來打圓場：「對對對，我們才是那種關係。」「嗯，未婚妻。」

稍微岔開了話題，我們還是言歸正傳來練功吧。

「現在是要分前鋒跟後衛來教嗎？」

「我是斥候，要去哪邊啊？」

亞里沙分得很隨便，莉莉歐開口想問清楚。

「斥候的應對方式應該是小玉來教，不過小玉陪卡麗娜大人去了迷宮，所以妳今天陪前鋒訓練就好了吧？」

「了解，就這樣，潔娜等會見啦。」

莉莉歐同意亞里沙的安排，朝潔娜揮揮手就加入伊歐娜小姐她們。

「那，我們就來教潔娜娜後衛的應對方式。」

「嗯，交給我。」

「是，請多指教。」

「在這裡會礙到莉薩她們，我們去那邊練。」

亞里沙跟蜜雅帶著潔娜小姐到樹蔭底下。

我跟露露沒事做，在旁觀摩。

「先由娜娜來當對手，沒必要點到為止，請全力出手吧。」

聽到莉薩的聲音，回頭一看前鋒這邊已經開始訓練了。

「那，就由我先上吧。」

伊歐娜小姐走到舉大盾的娜娜面前。

「三人一起上也沒問題，我這麼宣告道。」

娜娜看了，面無表情地平淡說道。

「這就太小看我們了吧。」

「對啊，又不是在教新兵，就連老經驗的麗蘿副隊長也擋不住我們喔！」

莉莉歐跟魯鄔小姐這麼說，娜娜喀啦一聲歪頭。

我想娜娜應該能輕鬆應付，但是三位小姐不懂娜娜的實力，也難怪不明白。

「好吧，那就由我來示範一下，為何不需要手下留情。」

莉薩好像跟我有一樣的想法，說了就舉槍來到娜娜面前。

「娜娜，我上啦。」

「隨時歡迎，我這麼宣告道。」

莉薩搭配瞬動，對娜娜連續突刺。

莉薩的長槍看來成了一片鐵扇，拖著紅光軌跡想轟破娜娜的防禦。

「唔喔！」

「那啥啊……」

「真是太驚人了。」

潔娜分隊的三人驚呼連連。

攻防之激烈，讓聽亞里沙跟蜜雅講課的潔娜小姐都忍不住擔心地看著我。

「佐、佐藤先生，真的沒事嗎？」

「沒事啊。」我對潔娜小姐說，看著莉薩和娜娜的攻防。

少了小玉跟波奇的助攻，就連莉薩也打不穿娜娜的防禦啊。

「娜娜果然是銅牆鐵壁。」

「光靠長槍很難突破，我這麼回答道。」

今天的莉薩沒有使出尾巴攻擊和魔刃砲假動作，所以娜娜表示很好防禦。

如果莉薩使出殺招猛攻，或許可以打破娜娜的防禦，但這就超出訓練範圍了。

「如各位所見，各位的攻擊傷不了娜娜，請全力出擊，無須手下留情。」

莉薩說了，要伊歐娜小姐等人攻擊娜娜。

「懂了，我為剛才的失言道歉。魯郞，莉莉歐，我們上。」

「好，上啦！」

「好好好。」

扛大盾的魯郞打頭陣，伊歐娜小姐主攻，莉莉歐游擊，面對娜娜開始訓練。

莉薩旁觀，同時指導戰術。

這邊應該可以交給莉薩處理，我回頭觀察潔娜小姐。

「所以攻擊、防禦、回復、索敵、支援、妨礙、通訊，這些妳都會了？」

「是，風魔法使在領軍裡面通常負責支援，所以實戰上比較少用攻擊魔法。」

聽亞里沙跟潔娜小姐的對話，潔娜小姐應該是個全方位的風魔法使。

這個世界的普通魔法使必須背誦漫長的咒文才能施法，所以除了擅長領域的魔法之外，通常不再去複習魔法書就使不出來。

「攻擊魔法只要兩種就夠，單一目標攻擊用來支援，範圍攻擊用來掃蕩小兵。」

「嗯，範圍攻擊重要。」

亞里沙開口，蜜雅猛點頭。

有些不定形狀的魔物和團體型魔物，不容易用武器攻擊，如果無法用範圍攻擊掃蕩，驅除起來很麻煩的。

「索敵在迷宮裡面很重要——潔娜娜可以邊發動索敵魔法，邊做其他事情嗎？」

「邊發動邊做其他事情？」

亞里沙這麼問，潔娜小姐歪頭。

「對啊，就算索敵魔法告訴妳附近很安全，但是迷宮沒有真正安全的時候喔。」

「保持索敵，重要。」

亞里沙開口，蜜雅也同意。

「妳在領軍裡面都怎麼做的？」

「斥候莉莉歐會負責索敵跟警戒。」

「是喔，不過到了戰鬥後期，斥候離隊去拖其他魔物會比較有效率，這招記起來不吃虧啦。」

亞里沙這麼建議，潔娜小姐也乖乖答應，開始練習。

「——解除了嗎？」

「是，要一邊維持索敵魔法，一邊詠唱或使用魔法道具，好困難啊。」

我觀察了三十分鐘左右，看來潔娜小姐很難一邊維持索敵魔法，一邊做其他事。

如果不習慣，要維持持續效果的魔法，同時使用其他魔法，看來挺困難的。

「亞里沙，這跳太快了啦。」

應該說亞里沙跟蜜雅聽我一教就會，真是天才。

我對亞里沙她們說了，就接棒當老師。

「潔娜小姐，請使用索敵魔法，注意在操場上訓練的莉莉歐小姐她們。」

「啊，是。[redacted]……」

潔娜小姐發動魔法，我用魔力視看見魔力流與氣流集中在莉莉歐她們身上。

V獲得技能「讀風」。

學了個有點多餘的技能，不過搭配弓箭跟射擊應該很有用，就別抱怨了。

「然後請擴大索敵範圍，算算校舍裡面有多少學生跟老師。」

「是。一、二、三……」

潔娜小姐閉上眼專心施法，我等她算完。

「接著，請從高處俯瞰，掌握全局。」

她無法個別分析，就請她大概掌握整體的相對位置。

『莉薩，妳往潔娜小姐跑幾步過來。』

『明白。』

我用空間魔法「遠話」偷偷指示莉薩行動。

「——咦？」

正用索敵魔法俯瞰全局的潔娜小姐，發現莉薩衝過來就嚇得抬頭。

「專心施放索敵魔法。」

「啊，是！」

索敵魔法差點解除，我要她集中精神。

「請妳就這樣俯瞰全局到中午，我跟莉薩不時會做些突然的舉動，請妳冷靜掌握位置，告訴亞里沙和蜜雅有誰從哪裡接近。」

「是，我會努力。」

潔娜聽我吩咐，用力答應下來。

「耶～就這樣喔？」亞里沙不是很滿意，不過她跟蜜雅的特訓是排到下午，再等等喔。

「嘖，被擋開了！」

「只有對方單腳離地，或是重心不穩的時候才能使出盾攻擊，否則被擋住就沒意義，我這麼宣告道。」

魯鄔小姐的盾攻擊被輕易架開，娜娜提供意見。

同時伊歐娜小姐的大劍從娜娜大盾的反方向砍來，但是娜娜迅速用單手劍架開了伊歐娜小姐的大劍。

「嘿嘿嘿，有破綻！」

莉莉歐從死角偷襲，但娜娜頭也不回就一劍擋住。

「怎、怎麼可能？我偷襲的位置，連地面上的影子都沒有穿幫啊！」

「靠地面震動與氣流就知道，我這麼宣告道。」

娜娜一邊架開伊歐娜小姐和魯鄔小姐的連續攻擊，一邊回答莉莉歐。

魔物經常使出狡詐的攻擊，娜娜應該是坦久了就自然學會「察覺動靜」技能和「空間掌握」技能吧。

不過更重要的是，就算再怎麼有把握打中，出招之前大喊「有破綻」就糟糕了啊。

三人跟娜娜對打了一小時左右，就全都累倒了。

眼看三人汗流浹背，娜娜卻臉不紅氣不喘。

「妳們先休息，喘口氣，接下來換我跟妳們交手。」

「坦克美女也就算了，長槍手要擋我們三個人的攻擊，也太勉強了吧？」

「為了保護潔娜大人，希望妳們打得贏啊。」

氣喘如牛的莉莉歐沒好氣，莉薩微笑從容以對。

休息結束之後，換莉薩進行訓練。

「這點程度就被人敲開大盾，怎麼當得起坦克？別光靠妳的肌肉，多利用體重與地面來撐吧。」

莉薩邊對被她的長槍打得跌倒在地的魯鄔小姐這麼說，邊把伊歐娜小姐趁她說話時甩著砍來的大劍用魔槍架住並砸在地上，再把魔槍一轉，用槍尾輕敲伊歐娜小姐的下巴。

「大劍旋轉揮舞是更有威力，但是也更好躲，更好反擊，請注意。」

莉薩一邊建議伊歐娜小姐，一邊轉頭望著從魯鄔小姐後方逼近的莉莉歐。

莉莉歐從死角連續突刺過來，莉薩用魔槍連續突刺正面迎擊。

「唔哇，唔哇哇哇，等……等等——」

莉莉歐手裡的短劍被打掉，連滾帶爬地逃離莉薩的突刺之雨。

「等等啦，我是斥候，怎麼能跟人家暴力對打啦？」

「那就利用打帶跑，要弄對手。」

莉莉歐想找藉口，莉薩反駁一句又回頭對付魯鄔小姐。

不起。

伊歐娜小姐下巴吃了一記，似乎輕微腦震盪，但是莉薩手下留情，很快就恢復了。

訓練一直持續到午鐘響起，莉薩宣布訓練結束的同時，伊歐娜小姐和魯郞小姐同時倒地

莉莉歐也是歪腰軟腿，但伊歐娜小姐和魯郞小姐要正面迎戰莉薩與娜娜，更加疲勞。

「我看，這裡也有靶場啊。」

「對，是為了想當斥候的小朋友們準備的。」

喝著露露送上的冰涼貝利亞水，莉莉歐發現操場角落有個四線靶場。

「對喔，莉莉歐小姐在聖留市用過十字弓呢。」

「還好啦——我在領軍裡面也算頗有準頭的呢。」

莉莉歐相當得意。

「要試試看嗎？」

「也好，等我有力氣拉弓就試射幾箭吧。」

莉莉歐雙手抖得沒力氣拉弓，我一把幫忙拉起來。

「啊，少年喔！你怎麼空手就能拉開十字弓弦？力氣有多大啊！」

莉莉歐怎麼會吃驚呢？

後來我才知道，一般的作法是先把十字弓弓頭頂在地上，用腳踩著鐵框以體重壓住，然

後趁機拉開弓來上弦。

「身體強化啊，很方便喔。」

我並沒有發動這個技能，但就說有好了。

「難得弦都上好了，我還有力氣上箭，就讓我射一箭吧！」

莉莉歐前往靶場架起十字弓。

靶場每一線都有標線，十公尺一個單位，二十公尺與五十公尺處各有一座靶，不是普通的同心圓靶或人型靶，而是魔物造型靶。

每種魔物都有標示要害，射中要害就得高分。

另外也有彈弓練習場，但是靶耗損很快，所以要另外準備。

「嗯～射近靶還算好中，但是射遠靶就差強人意了。」

莉莉歐說得客氣，但洋洋得意。

她說差強人意，但是能在最大射程準確命中目標，以一個引怪的斥候來說已經很夠了。

「少年的隊伍裡面是誰當遠距射手啊？我想看看祕銀探索家的本事呢。」

「弓箭的話，我跟蜜雅都行，但是遠程攻擊就要看露露了。」

我望向露露，露露顯得有點為難。

「呃，火杖槍會燒壞靶，普通火槍又會打擾鄰居，該怎麼辦呢？」

「火槍？火杖我還知道，你們都用火槍這種老古董喔？」

看來莉莉歐聽過火槍。

在希嘉王國，因為火槍缺點多多，被看作老古董。

「是，因為迷宮深處有些魔物不太怕魔法攻擊。」

「原來如此，那要不要用用十字弓？或許跟我在城堡裡見過的火槍不太一樣，不過都是瞄準扣扳機對吧？」

露露看我，我點頭答應。

「那，就借我一用了。」

露露瞄準遠靶，扣下十字弓的扳機。

離靶心偏了一點。

「如何？」

「大概清楚了，這次就能射中。」

「咦？妳說這次就能——」

莉莉歐說到一半就卡住。

「真的假的……」

因為莉莉歐看到露露連發數箭，全都射中遠靶的靶心。

「第一次用十字弓就能百發百中已經很強了，妳離這麼遠還只要看一眼就射中，更強。原來真的有天才啊。」

「哪、哪裡是天才呀，主人遠比我厲害多了。」

莉莉歐盛讚露露，消受不起的露露把話鋒轉到我身上。

「真的？少年這麼強？」

我受不了莉莉歐好奇的眼神，只好射一箭給個交代。

其實我也想過故意射偏然後苦笑，但這麼做會辜負露露充滿期望的眼神，那還不如稍微鬧大一點。

「那，我動手了。」

我看了露露的射擊就已經知道莉莉歐的十字弓特性，架上一支短箭隨手就射穿靶心。

「連試射都免了？」

「真不愧是主人！」

露露微笑讚美，我將十字弓還給莉莉歐說：「真是把好十字弓啊。」

亞里沙交叉雙臂，得意洋洋地嘀咕蠢話：「露露，好一個『不愧主人』！」我當成耳邊風。

「那，就吃午餐吧。潔娜小姐請在用餐過程中維持住魔法喔。」

「啊，是，我會努力。」

「好斯巴達啊。」亞里沙傻眼小聲說，但是要探索迷宮最好具備這等本事，所以我鐵了心要逼潔娜小姐學會。

◆

「好啦，少年，教我怎麼當斥候的探索家在哪？」

吃完午餐，我帶著潔娜小姐和莉莉歐來到西公會。

斥候莉莉歐需要實際訓練，所以我想讓她加入多森先生和可辛先生的隊伍去研習。

而且多森和可辛兩人的人面很廣，介紹給潔娜小姐和莉莉歐認識，等我離開迷宮都市的時候有了什麼糾紛，也有個可靠的幫手。

「平常應該在這附近——啊，有了有了。」

其實用地圖就知道位置，我故意裝得好像剛剛才發現一樣。

「——所以啦，訓練師貝新跟拉新被貴族大爺挖角之後，迷宮村就沒有魔獸可以送貨啦。」

看來我要找的多森先生正跟其他探索家交換消息。

位於賽利維拉迷宮上層的迷宮村是個小聚落，也是探索迷宮的中繼站。馴服完成卻無法帶上地面的魔獸，可以在迷宮村裡面出租來探索或送貨。

「所以漲價了嗎？」

「對啊，優秀訓練師馴服過的魔物，大概漲價了三到四成喔。」

「漲這麼多喔……」

「對啊，這樣下去只好用那些彆腳貨調教的危險魔物啦。」

我來到多森先生身邊，多森先生發現我就舉手招呼。

「喲，少爺，今天帶了這麼漂亮的陌生姑娘來啊。」

「多森閣下你好。」

我向多森先生和另外的探索家打招呼。

我們沒有互報名號，但對方應該是「業火之牙」裡面的斥候。「業火之牙」是魔刃手薩里貢所率領的赤鐵探索家隊伍，在迷宮都市裡很出名。

「多森閣下，這位是莉薩她們的恩人，聖留伯爵領軍的魔法兵，潔娜・馬利安泰魯小姐，以及她的斥候莉莉歐小姐。」

「哇，是那個女豪傑的恩人哪，我還以為只是個纖瘦的小姑娘，想不到是個人才呢。」

「原來如此，現在是要訓練邊走邊使用索敵類風魔法這樣嗎？」

「是，您果然好眼力。」
喔，不愧是老經驗的斥候，已經發現潔娜小姐的風魔法了。
我把多森先生他們介紹給潔娜小姐和莉莉歐。
「這可是少爺的介紹，少爺不在的時候有什麼麻煩，就來找我商量吧。」
「多謝您的幫忙。」
多森猜到我的企圖便這麼說，潔娜小姐深深鞠躬道謝。
「那，少爺今天只是來介紹人的？」
「多森閣下實在料事如神，其實想請閣下介紹個高手，可以教這位莉莉歐小姐幾招應對方法，在賽利維拉迷宮裡面才好表現。」
「啊？這種小事，少爺那裡的斥候——啊，對了，那個豆鎧貓耳本來就是天才，應該不懂怎麼教人吧。」
我沒有跟多森先生一起去過迷宮探索，但他似乎有聽說過小玉的事情。
「那就由我來教吧。少爺不只關照過我們的老大，沒有少爺，我們早被招雷公鹿給吃進肚子裡啦。」
這位斥候說出我幫他們打「區域之主」招雷公鹿的事情，然後志願要教導莉莉歐。
「喔，迷宮都市前五強的斥候，『影牙』波斯要親自指導啊，那也順便教教我們斥候吧。」

「多森還是一樣吃不了虧啊。那我就順便教教『業火之牙』的見習斥候好了——」

斥候先生問我：「這樣行嗎？」我看莉莉歐也沒什麼不滿，就向斥候先生道謝。

斥候教育項目之一，是要分辨煙霧彈和閃光彈的好壞，還要學習怎麼利用公會裡的地圖與資料，所以莉莉歐先跟我們分開。迷宮研習為期兩天，這兩天我們要分頭行動。

「——差不多就這樣吧。」

我把潔娜小姐介紹人面比較廣的探索家們，還有公會的職員們，然後解釋哪個人比較擅長哪個領域。

「我一次介紹了這麼多人，還可以嗎？」

「是，還、還可以。」

潔娜小姐勉強點頭。

我在介紹重要人物之前，都會先告訴她人家的長相跟名字，但是同時要記這麼多應該很困難。

看來我應該學習公都的朋友多爾瑪，寫一份姓名、長相與經歷的筆記，等等交給潔娜小姐比較好。

「佐藤先生的人面真廣啊。」

「也沒那麼了不起啦。」

我的朋友是變多了，不過還是謙虛點好。

「那個……佐藤先生。」

「什麼事？」

「佐藤先生知道有藍皮膚的人嗎？」

「知道啊。我沒有當面見過，不過聽說迷宮村跟迷宮深處有機會碰到所謂的『藍人』對吧？」

我回答潔娜小姐的問題。

其實我知道藍人的真面目，就是住在迷宮下層的吸血鬼真祖班赫辛，還有他的吸血妃老婆們，但是這只有我知道，如果公開了可會天下大亂，所以先裝傻吧。

「只要去迷宮村就能見得到嗎？」

「運氣好的話啦——妳想見藍人嗎？」

「是，因為在庫羅大人救我離開迷宮之前，應該是藍人先治好了我的重傷。」

真祖確實治好了她的重傷沒錯。

「結果我還沒道謝就回來了，所以這次想去道個歉兼道謝。」

我以為潔娜小姐被真祖綁走，化身庫羅從真祖城堡把她帶回來，所以其實是我的責任。

其實我可以代替她向真祖道歉兼道謝，但總不能當她的面說出來吧。

「那，寫封信如何？」

「寫信嗎？」

「是啊，去了迷宮村也不保證見得到人，我想寫封信交給迷宮村的仕紳應該就行了。如果覺得寫信還不夠，就附上一瓶『藍人』喜歡的葡萄酒吧。」

「好！我會試試看！」

我把酒名說給潔娜小姐。

現在迷宮都市很難拿到這種酒，但是我有受真祖之託，下次去調貨的時候多買一些好了。

我們回頭邊走邊聊到要去酒舖問還有沒有存貨，潔娜小姐突然停下腳步。

「——卡拉娜文官？」

潔娜小姐發現有名女子垂頭喪氣地躲在柱子後面，疑惑開口。

記得她是跟潔娜小姐一行來過大宅裡的女文官。

潔娜小姐向女文官搭話，女文官開始抱怨起來。

「……原來妳向探索家公會申請觀摩新手探索家講習會，被拒絕啦。」

「就是說啊，我堅持想要申請，但是人家說『只限探索家參加』死都不讓我報名啦。」
我記得主辦新手探索家講習會的時候，是有規定一條「只限探索家參加」。
這基本上是我的錯，就給她個建議吧。
「既然如此，妳先申請一份木證不就好了？就算有了木證，也不強迫一定要進入迷宮啊。」
如果不去迷宮探索，木證兩個月就會失效，但只是要參加講習會的話就沒問題了。
看這女文官瞪大眼睛嘀咕一聲「也對喔」就知道了。
對喔——
「既然妳對探索家課程有興趣，不如申請觀摩探索家學校如何？」
「難、難道先生有認識探索家學校的高層嗎？如、如果有的話，請務必介紹給我！」
我只是靈機一動給個建議，女文官卻興致高昂得讓我倒退半步。
「不知道算不算高層啦——」
我先客套一下才說自己就是探索家學校的老闆，然後解釋觀摩的條件。
「觀摩探索家學校的條件呢，就是聽從現場教師的指示，妳答應的話我就批准。但是不好意思，妳無法參加迷宮實習，這沒問題吧？」
「是，沒問題！照這個條件就可以了！」

女文官說也想找隊長騎士韓斯跟她的長官男文官來觀摩，然後我們就在公會前告別。

「主人～？」

「潔娜也在的喲！」

聽到小玉跟波奇的聲音，回頭一看，只見兩人扛著臉色鐵青的卡麗娜小姐。

從ＡＲ顯示來看，卡麗娜小姐似乎是發生了升級暈。

後面跟著卡麗娜小姐的三名隨從，但是碧娜她們的等級沒有升太多，所以沒有升級暈。

看大家扛著一整籃的迷宮蟻材料，就知道由卡麗娜小姐主打，其他人專心支援跟解剖。

「看病～？」

「主人，卡麗娜沒事的吧？」

「沒事啦，只要讓卡麗娜大人在蔭涼的地方休息一兩刻鐘，就會復原了。」

我幫卡麗娜小姐擦擦汗，假裝看個病，然後向擔心的小玉和波奇保證沒問題。

這裡離大宅有點遠，所以我請公會職員讓卡麗娜小姐在中庭的樹蔭底下躺著。

睡著的卡麗娜小姐少了平常那些遺憾的舉止，看來還真有點像「睡美人」或輝夜姬那種「深閨千金」。

不過小玉跟波奇已經開始在小姐旁邊打開便當吃起午餐，所以大小姐效果也煙消雲散。

「等卡麗娜大人醒了，就讓她喝這瓶營養劑吧。」

「好的，謝謝士爵大人。」

碧娜等人向我道謝，我帶著潔娜小姐前往工匠街和煉金術店。

半路上——

「佐藤先生！」

旁邊的巷子裡有人騎馬衝了出來，潔娜小姐用索敵魔法發現此事，就拉著我的手閃開。

我當然有透過雷達發現到這匹馬，但是為了確認潔娜小姐的訓練成果，才繼續往前走。

「潔娜小姐救了我一次，謝謝啊。」

「哪裡，只是碰巧的。」

我道謝，潔娜小姐不敢當。

「看潔娜小姐好像已經習慣隨時使用索敵魔法了，等我把工匠們介紹給妳認識，就進入下個階段吧。」

「啊，是，還請手下留情。」

潔娜小姐冒冷汗，我不太懂原因。總之我把那些透過迷宮魔物材料買賣所認識的武器防具工匠，還有透過杜卡利準男爵認識的魔法道具工匠，都介紹給潔娜小姐。

這下就算我離開迷宮都市，潔娜小姐她們也不至於無所適從了。

我們回到探索家學校，女文官他們已經先抵達，我把他們介紹給校長，讓他們參加下午的訓練。

潔娜小姐的訓練照原定計畫交給蜜雅跟亞里沙，我就不插嘴了。

邊維持索敵魔法邊詠唱好像練得不太順利，但是在索敵狀態下閃避亞里沙跟蜜雅揮舞的嗶嗶槌似乎不成問題。

伊歐娜小姐跟魯鄔小姐對上莉薩跟娜娜，打得一身汙泥還是撐著訓練。

精明又漂亮的伊歐娜小姐，看來也是個很有毅力的苦練家。

我送上精力回復藥與營養劑慰勞大家。

伊歐娜小姐跟魯鄔小姐收了我的打氣飲料又可以繼續訓練，但是表情看來莫名絕望，一定是我誤會了。

只要密集訓練個一兩天，應該就可以在迷宮裡長時間挑戰魔物，搞我們這套力量式升級。

「——對了。」

一想到升級，我就用空間魔法「遠見」觀察之前在迷宮裡建造的力量式升級養殖場。

養殖坑裡面的魔物長得又多又密，看了都想作惡夢。

應該可以把進度提前，或許今晚就來——好吧，太急性子了，從明天晚上開始栽培越後屋商會的幹部吧。

趁著潔娜小姐她們受訓的時候，我跑去王都的越後屋商會總部，通知明天晚上要進行力量式升級。

精靈師父們警告不可以搞力量式升級，原因是升級卻沒有學到該有的技術，會比其他同等級的人更弱。

但是越後屋商會幹部們的力量式升級，是為了提升基本參數（主要是精力）來應付繁重的工作，所以沒問題。

升級之後可能會學到沒用的技能，所以我幾天前就提醒過商會幹部，要念些有興趣的書，或學些有興趣的武功。

潛伏在黑暗中的東西

「我是佐藤。尼采有句名言說『當你盯著深淵，深淵也盯著你』，但是很少人知道另一句警語『當你與怪物作戰，當心自己也成為怪物』。」

「啊，庫羅大人，久候多『辭』了。」

緊張兮兮的金髮貴族女孩兼越後屋商會掌櫃艾爾泰莉娜，難得在歡迎我的時候吃螺絲。

不過我使出「歸還轉移」回到王都的越後屋商會總部，看到出乎意料的光景，愣得沒心情計較。

越後屋商會的幹部們全都聚集在我面前。

好吧，本來就是我吩咐大家集合，說「有特別任務」的。

——但是為什麼全都半裸呢？

掌櫃穿著半透明的蕾絲睡袍，重點部位在蕾絲之下若隱若現，要是隨便動一下就全走光了。

後面的幹部女孩們穿得稍微保守些，但是煽情程度也不輸給掌櫃。

轉調過來的波麗娜預計要在王都擔任工廠廠長，穿得比其他人要安分一點，但是輕薄的洋裝襯托出身體曲線，看起來不像要辦公的樣子。

總是騎著石狼的矮個子貴族女孩，穿著兩件式的現代睡衣。本來是沒什麼魅力，但是在這群人之中反而醞釀出獨特的煽情。

蒂法麗莎……我不太敢看。

冰山美人羞得臉紅紅又遮遮掩掩，真是太糟糕了。如果我們獨處的時候她這麼做，我一定會衝動推倒她。

這到底是哪款色情遊戲的世界啊？

我清了清喉嚨。

……冷靜點佐藤，不對，現在是庫羅。

我是過了好一段時間的禁慾生活，不過要是受到氣氛影響對員工們動手，就沒臉去見波爾艾南森林的高等精靈，心愛的雅潔小姐了。

「掌櫃的，今天穿得這麼開放啊。」

「啊，是，庫羅大人臨幸，大家就精心打扮了一番。」

——我要臨幸？

真心不懂掌櫃說的是什麼意思。

記得我是開始訓練潔娜小姐她們的當天，就向越後屋商會提起「特別任務」。

回想起當時的事情。

我在越後屋商會辦完事情，召集了幹部女孩們——

「——各位聽著，明天晚上，要給妳們特別任務。」

「特別任務」四個字一出來，大家一陣譁然，但是我接著說下去，反而鴉雀無聲。

「時間是從入夜第一刻開始到第二刻為止，任務完成之後可能會累得辦不了公，所以開始之前把工作都辦完。趕不上任務的人先說，我會安排其他行程。」

入夜第一刻，指的是日落之後三小時的時間。

之前才吩咐大家不要過度加班，這次又要逼大家深夜練功，真是難過。但是看大家沒有特別不滿，反而還顯得有些歡迎。

妳們這些人真是工作成癮啊。

掌櫃問我該穿什麼服裝，我說隨便妳們穿。

穿什麼衣服做事有差嗎？問這個真怪。就算是去迷宮裡搞力量式升級，也只是躲在安全地區扣扳機而已，這麼簡單的內容，穿平常上班的衣服就行了。

那時亞里沙用空間魔法「無限遠話」呼叫我，我就離開了越後屋商會。

這時候我才想到，忘了說「特別任務」的內容是「在迷宮裡進行力量式升級」。

看來大家誤會「特別任務」是侍寢了。力量式升級之後的升級暈會讓大家無法工作，也被誤會為是操到軟腿了。

「呃，庫羅大人……？」

掌櫃誠惶誠恐地開口。

嗯，讓她們一直七上八下的也不好，快點解開誤會吧。

「——看來讓妳們誤會了。我沒打算逼妳們上床，特別任務是其他意思。給妳們一點時間換上平時的服裝，重新集合，選雙好走的鞋子來。」

掌櫃她們的表情五味雜陳，我逕自離開，去視察越後屋商會的飛空艇造船廠施工進度，還有向倒閉商會買來的工廠狀況。

◆

「這、這裡是？——迷宮？」

「對，迷宮上層深處，無人涉獵之境。」

我回答掌櫃的問題，所有人臉都僵了。

這些人等級只有十級左右，又沒什麼好裝備，突然被帶到迷宮深處，當然怕得要命。

「放心，危險的魔物都排除了。」

我輕聲說明，但大家卻跌坐在地面上。

看來大家腿都軟了，這種驚喜還是少給為妙。

「我要妳們獵殺前面養殖坑裡的魔物，提升等級。」

我說著，從養殖坑蓋上的觀察窗往裡面看。

養殖坑裡面的「迷宮蟑螂」大量繁殖，啃咬著我丟下去當飼料的魔物屍體。

老實說，看了真的會做惡夢。

「各位當探索家的尊嚴或許無法接受，但是我必須強化各位的肉體，受不了的人就辭退，不必客氣。」

我從道具箱裡拿出武器，交給掌櫃、蒂法麗莎和波麗娜。

「這是什麼，法杖嗎？」

「算是雷杖的一種，只是用法不太一樣。裡面灌注了魔力，只要扣扳機，法杖前方就會射出雷彈一般的攻擊。」

「是這樣嗎？」

「不對，尖的那頭對準目標，就當成是火槍——或者說十字弓吧。」

這裡的人不太熟火槍，我就以十字弓舉例讓她們持杖。

這是名叫投射槍的魔法道具，長得像是槍身較短的短版散彈槍。

先用小顆雷石讓鐵砂帶電，再用風石噴風，射出鐵砂。

我故意讓帶電鐵砂的散射範圍擴大，就像噴霧器一樣，不習慣使用火槍的人也能輕易命中。

這是做給力量式升級用的，殺傷力非常低。

或許可以用來鎮壓暴徒吧。

「所有人對準養殖坑中央射擊，射完一發之後就換下一個。」

「「「是！」」」

想不到大家這麼快就答應，而且接過投射槍就聽話扣扳機。

我用「理力之手」擋住蟑螂，避免蟑螂撲過來，然後打開坑蓋的小窗要大家攻擊。

曾當過探索家的貴族女孩們，以及當過搬運工的波麗娜等人，看到坑底蠕動的大批蟑螂都也只是愁眉苦臉，但從來沒接觸過迷宮和魔物的前文官蒂法麗莎，則是臉色蒼白直發抖。

「庫羅大人，好像沒什麼用呢。」

「別擔心，這就行了。」

掌櫃開完槍，我讓她退下，換下一棒上來。

我要求每個人開槍之前，都先把手伸進我的道具箱，如果這樣可以獲得技能就很好運，就算沒有也不吃虧吧。

至於好幾個學過魔法的人，我讓她們用手邊多出來的「魔法卷軸」。

因為或許能學會跟攻擊魔法同屬性的魔法技能喔。

「庫羅大人，我們全都射完了。」

「好，接下來很危險，妳們後退避難。」

我確認所有人都後退了，拿出使用轉移魔法時給外人看的假祕寶，用神代語說出「冰」「風」的同時使出魔法。

冰魔法「冰柱」平常是用來乘涼，現在將蟑螂們凍成冰塊，然後用風魔法「小風彈」打碎冰蟑螂。

「小風彈」是在公都弄到的下級攻擊魔法，威力不上不下，所以一直沒派上用場。

「好、好厲害的冰霜和風暴啊……」

「那是上級魔法嗎？」

幹部們大呼小叫，我先不管，打開地圖確認所有人的狀態。

——糟糕，玩過頭了。

剛才的迷宮蟑螂，每隻大概都是等級七，我以為數量多一點也沒關係，結果養殖數量多太多了。

就算幹部人數眾多，所有人還是升到了快二十級。

「——好像使不上力了。」

「我也覺得不太舒服……」

等級最低的蒂法麗莎首先發作，其他幹部們也接連表示不舒服。

好吧，一口氣升這麼多級，當然會升級暈了。

我用「理力之手」撐住差點跌入坑的幹部們，使出「歸還轉移」把大家送回王都的越後屋商會。

「辛苦，今天的特訓到此結束。」

「庫羅大人，身體感覺好怪——」

「這只是升級暈的症狀，休息個三十分鐘就會復原。」

小個子貴族女孩臉色鐵青，但精神飽滿地回話。

「原、原來這不是酒鬼的醉話啊。」

「所以……我們該不會升到等級十五了吧？」

「……不會啦，哪有，這麼快的。」

其他幹部們都很不舒服，但是難掩升級的喜悅。

只要再練個四五次，就會升到等級三十。一旦升到這個水準，就算加班期間長一點，應該也不會弄壞身體了。

她們升級之後有五個人學會魔法技能，一個人學會「寶物庫」技能，成果超乎預期。

明明我家小朋友們在五十級之前沒有一個人學會「寶物庫」技能，所以運氣很好。

現在她們全都動彈不得，我也不好丟著人不管，就把她們送到總部樓上的宿舍休息。

怪的是所有幹部都要求公主抱，我也答應她們，幹部們就莫名開心。

公主抱有這麼好嗎？

最後，我將幸運學會「寶物庫」技能的蒂法麗莎送到她房間，結束今天的業務。

「……庫羅大人。」

把蒂法麗莎放上床，聽她說夢話，我就離開房間。

「——沒骨氣。」

我用「順風耳」技能聽到她喃喃自語，決定充耳不聞，回到了迷宮都市的大宅。

放鬆

「我是佐藤。為人努力是件好事，但搞懂自己的極限也很重要。如果老是以為自己還年輕，會不小心突破極限的喔。」

「[redacted] 風盾。」

潔娜小姐迅速詠唱風魔法，擋住蜜雅射出的練習箭。

緊接著潔娜小姐對火杖灌注魔力，向蜜雅射出火彈。

「[redacted] 水。」

蜜雅用精靈魔法創造水球，打消了潔娜小姐的火彈。

「嗯，及格。」

蜜雅舉起雙手比圈，滿意點頭。

潔娜小姐覺得這是打倒了偷襲魔物的姿勢，回頭看看潔娜分隊的成員。

「潔娜，現在挺不錯的喔。」

「是呀。」潔娜小姐同意亞里沙的話。

現在潔娜小姐可以自然地維持索敵魔法，施放魔法的選項也很恰當。

潔娜小姐看到同伴們還在跟莉薩與娜娜打模擬戰。

「喔，魯鄔剛才擋得好啊。」

「看來已經很習慣莉薩的速度了。」

「有放水的速度啦～」

「這不要說出來啊。」

亞里沙嘀噥，我苦笑。

基本上雙方等級差太多，根本沒得打，所以我規定練習防禦的時候只派莉薩上場，練習攻擊的時候只派娜娜上場。

剛才是練習由魯鄔小姐擋住莉薩的攻擊，伊歐娜小姐進行反擊。

修練斥候功夫的莉莉歐，今天中午就回來這裡受訓，幫魯鄔小姐進行防禦。

「喔呀～！」

魯鄔小姐使出盾攻擊，莉薩一腳踩住大盾，用膝蓋吸收威力之後輕輕一跳，跳到魯鄔小姐背後。

「……■■■　風縛。」

一道抓準時機的風魔法，纏住了莉薩的身軀。

莉薩抵抗了潔娜小姐的風魔法，長槍輕輕一揮就打個粉碎。

莉莉歐緊接著丟出煙霧彈，莉薩轉動長槍擋下煙霧。

「——呃，真的假的？」

錯愕的莉莉歐又補了飛刀，然後躲在附近的掩蔽物後面。

這是在練習躲避魔物的反擊，如果呆站在原地，會受到魔物的狠狠反擊。

莉莉歐接受斥候研習的時候好像有學過，就加入訓練項目中。

機會難得，就回饋在探索家學校的課程裡吧。

「哎呀，被擋掉了啦。」

亞里沙惋惜地說。

莉莉歐射出飛刀，伊歐娜小姐抓準飛刀的時機刺出大劍，結果莉薩用魔槍槍尾輕輕頂開。

莉薩抓準伊歐娜小姐大劍被彈開的破綻，接連打倒潔娜分隊的成員。

伊歐娜小姐所使用的大劍，可以有效打擊中型與大型魔物，但不適合對付莉薩這種身輕如燕的對手。至少要有三十級的力量值，或者剛力技能才行。

「再來要回顧啦。」

觀戰的亞里沙帶頭，要回顧戰鬥中的行動。

我是可以用魔法拍下影像來重播，但這個科技太超越了，所以要收斂。

太陽也西斜了，戰況回顧結束之後，今天的訓練也到此為止。

「差不多該實地演練了。」

「實地——是迷宮嗎？」

「對，要不要去練個三天兩夜，順便開拓獵場呢？」

潔娜小姐提議，我也答應。接下來應該實地演練，升級會比較有效。

「明天開始終於要去迷宮啦，我手都癢了。」

魯鄔小姐雙拳對敲。

真是幹勁十足。

不過——

「明天就休養一天吧。」

「休養一天？」

「對，這幾天特訓下來，大家都累了，這樣進迷宮會很危險。」

ＡＲ顯示潔娜分隊四個人的狀態都是「疲勞：重度」，這樣下去會變成「過勞」，相當於中了弱化魔法一樣糟糕。

「那，明天就去張羅一些闖蕩迷宮用的糧食跟裝備吧。」

「潔娜，這就對啦！」

潔娜小姐提議，莉莉歐彈指同意。

「不錯呢……士爵閣下方便協助嗎？」

伊歐娜小姐也贊成，但突然要我也加入幫忙。

看她嘴角微微揚起，露出狡猾靈機一動想到壞點子的表情，但馬上恢復正常。

就像高中年代有些愛管閒事的女生幫朋友作球一樣。

覺得好像回到學生時代，挺奇妙的。

「可以呀。那就請各位休養到中午，下午我們去張羅資源吧。」

我答應了伊歐娜小姐的提議，今天訓練到此解散。

◆

「主人是在做什麼啊？」

吃完晚餐，我在「蔦之館」地底的研究室做工藝，亞里沙用轉移魔法跑來找我玩。

管理這座「蔦之館」的妖精蕾莉莉爾說要去做消夜，去了一樓的廚房，所以不在。

「防禦用的魔法小道具啦。」

「喔——怎樣的小道具？」

「那個試作品還算能用，就像護手一樣，戴在手臂上灌注魔力看看吧。」

那是個護手防具，就像古早動畫美少女戰士的裝備，沒有遮到手背。

「喔喔，跑出透明的盾來了。」

「這個強度啊，相當於等級三十的魔法使施放『盾』魔法喔。」

亞里沙的護手上面浮現一面透明的鳶盾。

潔娜小姐的風魔法「風盾」是以風為介質，無法抵擋又重又快的攻擊，所以我準備了緊急自保用的道具。

「術理魔法嗎？」

「對啊，之前在南洋不是有打撈過一只戒指，可以施放『盾』嗎？我模仿了它的魔法迴路來做這個。」

本體使用輕巧薄片的迷宮蟻材料，裡面嵌入之前在精靈鄉試做魔法裝置時，所使用的魔法迴路。

這個裝備非常廉價，遠不如娜娜所裝備的空間魔法式浮游盾，或亞里沙她們裝備的自動防禦用浮游盾。

「魔力消耗量挺高的。」

「是啊，比術理魔法的『盾』要高一倍吧。」

目前我做的事情，就是設計魔力消耗量較少的迴路。

使用能吸收外界魔素的魔物材料，提煉成漆料之後畫出「吸收」的符文，應該行得通。

但是在充滿魔素跟飽和魔力的地方，每個小時也只能湊到發動一次「盾」的魔力，所以只有安慰效果。

「但是這跟火杖類一樣，不必詠唱就能用，給潔娜小姐或莉莉歐裝備，應該很方便吧？」

這道具省略了魔法的變數部分，缺點就是顯現座標和從屬對象全都固定，但是要達到緊急用盾的功能，應該沒什麼問題。

「也對，但是這麼明顯的魔法道具裝備，可以拿出來用嗎？」

亞里沙頗為擔心。

「這肯定超顯眼的喔！」

「我會說是越後屋商會提供的試用品啦。」

這東西沒有出現在市面上，但是我跟越後屋商會賽利維拉分店關係相當深厚，應該沒什麼問題。

「哎哎，如果是這樣，那我也想要！」

這對亞里沙她們來說就不是實戰用，而是防身用。乾脆別當防具，當成平時穿著的飾品也好吧？

「好啊，做都做了，就做成可愛的飾品吧。」

「好棒啊——！」

亞里沙高興地蹦蹦跳。

「既然要做，就每個人都做一件吧。」

蜜雅、露露的款式就做得跟亞里沙一樣，前鋒組的話就把「盾」改成近似她們擅長的武器的形狀吧。

「飾品的款式就交給妳設計吧？」

「包在姑娘身上！」

亞里沙老氣地回了一句，用轉移魔法回到大宅。

——對了。

這道具挺適合給達官貴人的保鑣使用，再說我第一個打造的裝備只會產生「盾」，可以輕鬆量產，乾脆加入越後屋商會的品項裡面吧？

這麼一來，就算亞里沙她們平常穿戴，也不怕被可疑人物盯上了。

照現在的規格，「盾」的防禦力太高，可能會像量產型鑄造魔劍一樣大家搶著訂，或許應該降階成新手術理魔法使所施展的「盾」吧。

我完成了潔娜小姐用的裝備之後，前往潔娜小姐一行準備花三天兩夜「開拓獵場」的預定地。

「我看，就這裡吧？」

探索家學校的學生們使用第十一區域實習，我選了隔壁第十九區與十一區的邊線上。

第十九區是很熱門的獵場，魔物以螳螂類與甲蟲類為主，但是從第十一區進入第十九區的這一帶，有很多帶毒性的魔物，還要經過「區域之主」與眷屬到處遊蕩的大房間，才能抵達好賺的獵場，所以沒什麼人喜歡。

第十一區我沒什麼改造，好讓探索家學校的學生實習，但是這次的獵場要給潔娜小姐一行跟畢業生用，所以我打算改造得好用些。

「總之要先排除危險的帶毒魔物啊——」

我用地圖搜尋出魔物，標記出來，連續射了五組左右的「追蹤箭」。

看看雷達上連續消失了五百個左右的光點，我再使用「理力之手」將效果範圍內的魔物屍體收回儲倉。

「危險的帶毒魔物就這樣了。」

接著有些太強的魔物，不適合用來訓練潔娜小姐一行，我把牠們引開。然後選定幾個開闊的空地，用土魔法「土牆」和「石製結構物」建造了幾個打獵據點。

在做工程的途中，亞里沙用空間魔法「遠話」來聯絡我。

『剛才那個護具的款式，我設計好了喔！』

「不好意思，我得在迷宮裡待一陣子，妳就放在『蔦之館』的工作檯上吧。」

『ＯＫ——不知道主人在迷宮幹什麼，記得不要太刁鑽喔。』

「我會拿捏分寸的啦。」我對愛操心的亞里沙這麼說，回頭做工程。

「還是要點浴室跟水槽才行啊。」

用地圖搜尋找到無害的史萊姆，使出「石製結構物」魔法建造廁所與垃圾桶，把史萊姆放在裡面。

我把洞穴挖得很深，應該不危險，但是被史萊姆咬到屁股也不好，所以我用「訓練」技能把史萊姆訓練成從魔。

我想到之前娜娜的姊妹們曾經馴服過巨大蜘蛛當成騎獸，自己也試試看，結果一下就成功了。馴服之後的從魔，狀態欄裡會出現主人的名字，所以我先把名字改成迷宮用的假名「托沙拉尤亞」再來馴服。

最後使用「偽裝」技能，將各種設備外觀加工成老舊不堪的樣子。

迷宮別墅裡面則有精靈們設計的沖水馬桶型魔法裝置。

「只有這裡有清水啊……」

有一條地下水脈通往危險的大房間，中途只有一小段露出地面，但水量豐沛。

另外還有四個水源，但不是只能潤潤喉的小水滴，就是湧出泥漿般的汙水，再不然還有水質很可疑的水窪。

「好吧，沒有就做一個了——」

我選了一個不會出現湧穴的廣場地形，當作安全的住宿地帶，使用方便的「石製結構物」魔法建造泉水與排水道。

人工泉底下放置水石，水石連結迷宮地脈，能夠供應一定的水量。我用的水石還算大，應該可以撐個十年吧。

做工程的途中突然想到水石可能被偷，所以我將水石埋進地下，就沒那麼容易到手了。

「再來就是找些可以當灶的石頭堆在屋裡，在水源附近打造個可以當淋浴間的地形吧。」

在牆角上挖一道溝，應該比較方便設置供水管吧？

這些小事，我打算交給後續使用的探索家們自己搞定。

使用者本身動手做，總是比撿現成的感覺更親切。

「對了——」

我在水源旁邊（應該說廁所旁邊）做了個迷宮植物菜園，當作緊急糧食來源。

我選了些會結果的植物，不好吃，但也不至於餓肚子。

沒有探索家來的時候，果子還可以餵養史萊姆呢。

「做都做了，乾脆配置一點獎勵道具吧？」

這裡本來只有三個寶箱，我又在預定開拓的獵場上多放幾個，裡面主要裝著「貝利亞魔法藥」，搭配一些魔物材料的武器。

東西並不是很值錢，但總要一些樂趣才行。

◆

「波奇，小玉，過來一下。」

吃完早餐，卡麗娜小姐與女僕們都離開之後，我才私下吩咐這件事。

我將昨天晚上完成的改良版威力抑制魔法道具交給兩人。

我發現要安裝一個能判斷狀況的ＡＩ來自動開關相當困難，所以放棄了高性能的複製拉卡，改走其他路線。

目前手環會分辨進出迷宮或大宅的時機，發出警告說手環模式尚未切換。

手環裡裝配了超小型的標誌魔法道具，可以發出微弱訊號，只要讀取訊號就能分辨模式。

這個簡易版作法的思考迴路容量，只有原本估計的百分之幾。

我再次體認到無法深度學習的ＡＩ有多辛苦。

「這個就給亞里沙妳們——」

「已經做好啦？」

亞里沙看到我拿出飾品，目瞪口呆。

「有嵌扁平寶石的這邊朝手腕喔。」

「這個寶石的紅色好黯淡喔……是魔核啊。對光照著看，裡面好像有迴路，所以這塊石頭也是魔法道具嗎？」

「對啊，石頭跟手環是不一樣的東西，妳按著內側的石頭灌注魔力看看。」

「喔喔？好像微微發光了。」

亞里沙低頭看著自己的身體，嘀咕一聲。

這微光的作用是啟動提示，所以馬上就消失了。

「——不就是物理防禦附加嗎？」

「只對裝備者有效，跟卷軸附加的效果差不多，不強啦。」

「這也可以抵擋擦傷跟蟲咬，跟小朋友一起闖蕩草叢樹叢的時候應該很方便喔。」

亞里沙似乎愈來愈像野孩子，我叮嚀她「要點到為止喔」然後把裝備分給其他人。

「好可愛的手環喔。」

「情侶款～？」

「波奇也是一樣的喲！」

露露笑著套上手環，小玉跟波奇也擺出咻比跟咻答的姿勢，秀出自己的改良版威力抑制魔法道具。

「灌注魔力，就會出現透明的長槍呢。」

「姆姆，莉薩的竟然是戒指，我也覺得戒指比較好。」

「因為莉薩的飾品功能，選戒指比較好用啊。」

如果用手環，產生虛擬物質長槍就不能馬上抓在手裡了。

而且戒指要產生盾，也不好使用。

「盾。」

「蜜雅是星星盾啊，我的是愛心盾喔。」

蜜雅跟亞里沙的飾品是我後來做的，所以加了點巧思。

「呵呵，娜娜小姐和我是長方形的大盾啊。」

「對啊，這樣比較好防守吧？」

「是。」

露露確認大盾使起來的手感，開心地笑著點頭。

「主人，小雞形狀比較好，我這麼報告道。」

「好啦好啦，我今天晚上幫妳改。」

娜娜整個貼上來用奶擠我，我答應她要改造。

「好好喔～？」

「波奇覺得肉的形狀比較好喲。」

「小玉也是～」

小玉跟波奇的手環只有「威力抑制」的相關功能。

要馬上做是有困難，但我答應她們這陣子就會追加功能，做出漫畫肉型的盾或棍棒。

「波奇，小玉！出發探索去了！」

卡麗娜小姐門也不敲就衝了進來。

「這是新裝備嗎？」

大家連忙把虛擬物質的槍啊盾的消除掉，但似乎已經被卡麗娜小姐看見了。

「是啊，卡麗娜大人也想要什麼新裝備嗎？」

「我想要一把不會鈍又不會斷的大劍！」

我之前做給她的，材料應該就很堅固，沒那麼容易鈍吧？

結果卡麗娜小姐就拿出我之前送她的大劍。

「真是殘破不堪啊……」

要怎麼砍才能砍成這樣呢？

『卡麗娜閣下不擅長抓穩刀鋒，使用釘錘類的武器應該比大劍合適。』

卡麗娜小姐胸前的「具有智慧的魔法道具」拉卡告訴我答案。

「釘錘那麼醜，我才不要！」

「原來如此……」

對付裝甲厚重的目標，釘錘類的打擊武器相當有效，卻不符合卡麗娜小姐的審美觀。

我覺得卡麗娜小姐要是拿大棒槌，應該能在迷宮裡放無雙，但總不能硬要人家拿不喜歡的裝備吧。

我突然想到，身穿虎紋比基尼的卡麗娜小姐揮舞大棒槌，真是美不勝收，但搖搖頭打消主意。

「既然如此，能不能做得像美工刀一樣？刀刃打鈍了，拆下來換掉就好啦！」

亞里沙說了個挺浪漫的機關，好像動漫裡會出現的東西。

卡麗娜小姐、波奇跟小玉都興致勃勃，但這實用性不高，所以駁回。

「與其做得那麼複雜，不如在『魔法背包』裡多存幾把大劍比較簡單吧？」

「這樣也對啦——」

我秀出「魔法背包」的內容並提出建議。

亞里沙好像還不太甘願，但其他人都同意我的建議。

「我有好幾種材料的大劍，就都放進去了，之後有喜歡用的請告訴我。」

每把大劍的製作人，都是我的假名「赫菲斯托斯」。

這次我給了卡麗娜小姐四把新大劍，基本攻擊數值跟之前交給她的差不多，但是具備特殊功能，只要灌注魔力就能賦予使用者類似「剛力」技能或「敏捷」技能的效果。

我曾經用戰螳螂的劍手做過大劍，送給米提雅公主手下的叢之騎士拉普娜，當時就順便做了這些款式。但是這些流出去可不好，所以都在壓箱底。

另外還有砍到目標就會放出麻痺電流的單手劍，以及傷口會起火的大劍，也都一樣壓箱底。

但是後面這些比較顯眼，所以這次就不拿出來了。

「好想拿甲蟲來試刀啊！」

「歐耶～」

「甲蟲如果沒砍準會彈開，很困難的喲？」

卡麗娜小姐歡天喜地，波奇好心叮嚀。

昨天她們還在獵迷宮蟻，今天開始好像要獵迷宮甲蟲了。

前天卡麗娜小姐有升級量，但昨天獲得的經驗值沒那麼多，該是時候換目標了。

「如果要打迷宮甲蟲，去第十三區域就好了。」

第二區域和第三區域的甲蟲區，大家搶怪搶得很凶，所以不適合升級。

第十三區域的迷宮甲蟲區，必須繞遠路才到得了，所以很少人去遠征。

正常來說必須在迷宮裡過夜才能抵達第十三區，但是我們開拓的第十一區裡面有條隱密捷徑，當天就能來回。

我沒選這裡當潔娜小姐她們的獵場，是因為這個獵場能容納的隊伍數量很少，每個地點的迷宮甲蟲數量也少，必須邊走邊獵魔物，魔法使很難找地方休息回復魔力。

卡麗娜小姐這一隊只有前鋒，在這方面不構成缺點，沒問題。

「這裡也比較沒有人搶怪啦。」

我說了，將地圖交給小玉。

這條路還沒開通，有些沒拆除的陷阱跟遊蕩的危險生物，就交給小玉和波奇來解決。

我打算之後開放給探索家學校的畢業生們當作新獵場。

說是開放，其實也沒有裝上什麼鬧門禁止別人進出，只要把通往第十三區域的捷徑告訴特定學生，分發寫著獵場資訊的地圖就好。

「獵到飽？」

「這是發大財的機會喔！」

卡麗娜小姐的隨行女僕碧娜跟艾莉娜興高采烈，因為甲蟲類比迷宮蟻更值錢。

卡麗娜小姐一行收下小女僕們做的便當，我提醒大家小心別受傷，就送她們去探索迷宮，今天莉薩也跟她們一起去。

「哎哎，主人，卡麗娜大人不用跟潔娜娜她們一起訓練嗎？」

「卡麗娜大人是『做中學』的類型，就交給同類的小玉跟波奇吧。」

我回答愛操心的亞里沙。

小玉跟波奇說上午專心升級，下午就找迷宮裡的冷清地帶，跟小姐對打練功，戰鬥練習應該不成問題。

至於相關知識，讓卡麗娜小姐手下的艾莉娜還是新人妹接受斥候訓練的話，應該就沒問題了。

我看新人妹還挺靈巧的，艾莉娜則是有點笨拙，新人妹應該比較適合。

「嗯——既然有打算就好了，但是得好好補償人家喔，小心卡麗娜大人鬧脾氣啊。」

「對啊。說補償也沒那麼嚴重，明天開始要去開拓獵場，三天兩夜，我就約卡麗娜大人一起去吧。」

「嗯，我覺得這樣就好。」

亞里沙笑著同意我的答案。

◆

「——抱歉！我來遲了！」

潔娜小姐直到中午才上門。

她似乎睡過頭，還一路用風魔法全力衝刺過來。

看她氣喘吁吁，還拚命整理凌亂的頭髮，真可愛。

之前參加太守夫人茶會，幫潔娜小姐弄了新禮服，同時還送了一套千金式小禮服當她的便服，今天潔娜小姐就是穿這套小禮服，很適合她清純的風格。

「我沒有特地說哪個時間，潔娜小姐不必這樣道歉啊。」

我是訂了餐廳吃午餐，但是這個世界的餐廳對時間都很隨興，現在去也來得及。

「潔娜小姐，之前提到『藍人』喜歡葡萄酒，我弄到了。」

「謝謝佐藤先生。」

潔娜小姐聽我這麼說，立刻深深鞠躬。

商業公會只進了一瓶，我馬上弄到手。

這下就沒有我答應真祖的分了，日後出遠門再想辦法張羅吧。

「如果要寫信，我有個可靠的朋友說要去迷宮村，就一起託給我朋友吧。」

「咦，可是……」

潔娜小姐似乎想自己前往迷宮村，在當地託付信，於是我說往返迷宮村很花時間，而且迷宮村治安不好，她才放棄。

與其把信託在迷宮村，不如我親手交給真祖更快。

「那，這就拜託佐藤先生了。」

「好，由我保管了。」

潔娜小姐從手提包裡拿出信，我收下來。

我是想立刻幫忙送信過去，但是原本的打算，是弄到了真祖要我找的東西，我才會去迷宮下層的真祖城堡。

而且就算我弄到東西再送信去，也還是遠比寄放在迷宮村更快送到，就原諒我吧。

「老爺，畫坊把您訂的件送來了。」

正要出門，米提露娜小姐捧著一疊紙向我報告。

亞里沙之前要我做育幼院用的魔法入門書，這些是書中要用的複製插圖。

我快快瀏覽這疊紙，確認插圖跟我下訂的內容一樣。

看來沒問題，就請米提露娜小姐送到辦公室。

「佐藤先生，剛才那些該不會是——」

「魔法入門書要用的。」

看來潔娜小姐發現紙張上畫著魔法陣，相當在意。

既然她這麼有興趣，我就拿原稿給她看。

「太、太厲害了，我第一次看到這麼簡單明瞭的魔法書啊。」

誇得這麼用力，我會臉紅。從她激動的樣子來看，應該不是客套話。

「這是育幼院小朋友們要看的，所以困難的理論都只有索引。」

「育幼院？育幼院裡有識字的小朋友嗎？」

潔娜小姐說育幼院裡有會讀寫的小孩，非常罕見。

「是啊，多虧了我在聖留市拿到的學習卡。」

我這麼說，潔娜小姐更驚訝。

「只要會讀寫，找工作也有更多選擇啊。」

我說小朋友用的魔法入門書，就是找工作的一環。

機會難得，出發之前我們就去了一趟育幼院，遠遠看著亞里沙教小朋友們魔法。

「原來是亞里沙在教啊。」

「是啊，育幼院沒有專門的老師，所以亞里沙有空就去上課。」

其他時間就是自習。我跟蜜雅也曾打算當老師，但是我的講解太深奧，蜜雅又太省話，沒辦法教小孩。

「既然如此，我沒當班的時候可以來教課嗎？」

「那真是求之不得啊，潔娜小姐方便嗎？」

「當然！因為我也只能靠這點小事報恩了！」

機會難得，我就多謝潔娜小姐的提議，請她在能力範圍內教小朋友。

我也順便把育幼院的小朋友和老師們介紹給潔娜小姐，然後就去訂位的餐廳。

這是杜卡利準男爵夫人所介紹的餐廳，下級貴族和富商們常常光顧，潔娜小姐應該也能吃得開心。

「——多謝招待，真的太好吃了。」

潔娜小姐心滿意足地表示意見。

這裡的菜色不使用魔物材料，主打貴族客層，所以沒有什麼新奇菜色，但是口味就已經讓人滿意了。

「裝潢也很時髦，我這小人物可以來這邊吃飯嗎？」

潔娜小姐似乎很在意，餐廳裡的客人們不時偷看她。

我們入座之後，餐桌之間的觀葉植物屏風可以擋住他人目光，吃起來還算舒服，但是走動途中就會有人好奇觀看。

應該是八卦愛好者看到我帶了陌生的美麗女孩來吃飯，才會好奇吧。

「說什麼『小人物』，就別謙虛了，應該是我害潔娜小姐被人行注目禮才對吧。」

「哪、哪裡的話！才不是佐藤先生的錯啊！」

潔娜小姐連忙否認，我忍不住失笑。

這一笑，潔娜小姐也跟著笑。我們聊著喜歡餐廳裡哪道菜，不知不覺馬車就抵達目的地。

街上都是探索家會逛的店家。

「這就是之前佐藤先生介紹給我的地方啊。」

「對，這裡找東西最方便了。」

莉莉歐接受斥候研習之後，也到過這個地方。

離挖寶專用的酷茲巷兩個路口。

「之前都沒發現，這裡好多商家在賣骨頭呢。」

「是啊，骨製棍棒挺便宜的，油史萊姆吐出來的骨頭又不腥臭，用來做小飾品還挺不錯的。」

迷宮都市的木材比較貴，所以新手探索家用的棍棒、石斧、以昆蟲魔物爪牙所組成的尖槌，柄通常是使用達米哥布林的大腿骨。

草編背心配上骨頭補強的骨甲，廣泛受到新手和入門探索家的愛用。

「少爺！買這個給您的情人如何？」

「我、我怎麼會是佐藤先生的情人呢……」

攤販老闆使出推銷話術，潔娜小姐急得滿臉通紅。

看來她還是不擅長應付這種話術。

「這應該不是骨頭，而是角或爪做的飾品吧？」

「這是骨頭啦，幸運兔骨做的護身符喔。」

AR顯示老闆對我說謊。
外觀一點都不像骨頭，但實際上好像是達米哥布林手指骨加工而成。
我看不出來是怎麼個加工法，打算之後問問飾品製作者，就用地圖搜尋了作者的名字。
——死靈法師？
製作飾品的人並沒有骨工藝技能，卻有著死靈魔法技能。
我靈機一動，搜尋在公都地下拍賣會買到的死靈魔法書，發現了「骨加工」這條魔法。
看來這招魔法，可以把骨頭變得像黏土一樣方便加工。
我很怕恐怖故事，所以那本書沒有好好讀過，原來死靈魔法不是只能創造殭屍跟骷髏人啊。
「情人小姑娘，要不要買個護身符，祈求少爺別在迷宮裡受傷啊？」
我遲遲沒有反應，結果老闆就對潔娜小姐下手。
但是潔娜小姐尚未開口，周遭的客人就已經哈哈大笑。
「這、這有啥好笑的！」
「當然好笑啊。」
「對啊，人家可是『不見傷』的潘德拉剛，竟然要祈求他別受傷？」
「簡直就是『向龍賣鐵甲』一樣笨啊！」

老闆相當激動，但是周遭男客嘲笑不斷，他才發現自己說錯話。

——哎呀？

在骨工藝品之中，有條使用獨角獸角碎片所做的項鍊。

這角碎片就跟剛才的手指骨一樣，是用死靈魔法加工塑型。

不知道稀有的獨角獸角怎麼會跑到這種地方來，但是它有很棒的效果，可以消除配戴者的疾病與毒性，剛好拿來送給潔娜小姐。

「難得來了，我就買一件吧。」

我沒買那個假的幸運兔護身符，而是說「這件比較適合潔娜小姐」就選了那條項鍊。

「這件幸運兔項鍊也是一枚大銅——」

由於加工方法相同，老闆一時以為獨角獸角也是達米哥布林的手指骨。

「——呃，一枚銀幣！」

他打算敲我竹槓，突然改變金額，但是獨角獸角比這值錢多了，我就乖乖付錢。

只要有人帶頭買，別人就會跟風。剛才嘲笑老闆的男客們也紛紛說「那我也買」「少爺買，我就買」而搶著買飾品。

老闆高興地尖叫，我用一枚銀幣買下了「幸運護身符」，送給潔娜小姐。

「祝潔娜小姐探索迷宮，一帆風順。」

「謝謝佐藤先生，我太開心了。」
潔娜小姐說了，就把項鍊掛在脖子上。
「非常好看喔。」
很適合潔娜小姐清純派的小禮服。

◆

「稍微休息一下吧。」
「——好的。」
我提議，潔娜小姐羞答答地點頭。
以上有點像情侶在賓館門口的對話，不過我們眼前的可是漂亮的露天咖啡廳。
咖啡廳飄出的香味，讓潔娜小姐肚子咕嚕咕嚕作響，不過，我假裝沒聽見而提出休息的建議。
我們已經逛街逛了快兩小時，也差不多要餓了。
「是少爺！」
一走進咖啡廳，紅髮少女服務生就跑了過來。

「妮爾！不要在店裡奔跑！」

「啊，遵命！」

廚房裡有人開罵，妮爾低頭道歉。

這裡是越後屋商會賽利維拉分店在西公會附近剛開的咖啡廳。

迷宮都市裡面沒有多少地方賣甜食，所以一有個好地段空出來，我馬上弄到手。

「妮爾小姐妳好，今天不是擺攤啊？」

「對啊，分店長波麗娜姊高升到王都總部，還帶了幾個人過去，結果咖啡廳就缺人手啦。」

王都工廠的機密性很高，找不到可以擔任廠長的人才，所以我才把波麗娜挖去王都。

「不過呢，也是因為店長高升，我才能穿這套制服啦。」

妮爾原地轉了一圈。

裙子比較短，但是裡面有內襯，沒那麼容易看到內褲。所以就算是破綻百出的妮爾穿了，也不必擔心看到走光畫面。

「好可愛的制服喔。」

「耶嘿嘿——謝謝啦。」

妮爾笑盈盈地道謝。

咖啡廳的制服很可愛，所以在越後屋商會賽利維拉分店裡面也很受歡迎。

「妮爾，帶位！」

「啊，是！」

妮爾聊天聊個沒完，被服務生學姊給罵了。

「啊，少爺，現在露天的貴賓席空著喔。」

慌張的妮爾替我們帶位，我們坐在露天座位上。

我點了當紅餐點「蟻蜜滿滿鬆餅」配艾爾艾特侯爵領的藍紅茶。這裡跟現代日本的咖啡廳有一點不同，紅茶用的砂糖要收費。

藍紅茶先送上來，我們喝了兩口，就看到妮爾腳步輕快地捧著托盤趕過來。

「久等啦！招待少爺跟客人大吃蟻蜜！」

妮爾把我點的餐擺上桌。

她說得沒錯，鬆餅旁邊類似奶盅的容器裡，裝了滿滿的蟻蜜。

我謝謝妮爾招待，並要她再續一杯藍紅茶。

「——好吃！」

潔娜小姐吃了一口鬆餅，脫口驚呼。

「耶嘿嘿——這可是少爺跟小露露的食譜喔！怎麼可能不好吃呢！」

妮爾替我斟了第二杯藍紅茶，老王賣瓜起來。

「而且庫羅大人帶來的蜜球有夠甜喔！」

蟻蜜必須深入迷宮蟻窩才能採集，價格不及蜂蜜，但也頗貴，而且難以取得。不過我的儲倉裡面蟻蜜多到用不完，就送給咖啡廳了。

妮爾離開之後，我跟潔娜小姐邊閒聊，邊吃鬆餅配好茶。

「果然是主人的味道喲！」

「潔娜也在～」

此時聽到可愛的聲音。

回頭一看是小玉跟波奇，趴在咖啡廳露天座與馬路之間的欄杆上，搖尾揮手表示自己就在這裡。

後面跟來的是莉薩，一邊腋下一個把兩人抱走。

「主人，潔娜大人，抱歉打擾兩位了。」

「沒關係。」

莉薩邊回收小玉跟波奇邊道歉。

「波奇，小玉，啊一個～」

小玉跟波奇被莉薩扛在腰間，我把盤子裡面剩下的鬆餅切成小塊，沾滿了蟻蜜，一人餵一口。

「啊～？」

「啊的喲！」

一回頭，發現潔娜小姐也微微張嘴，當沒看到好了。

餵兩個小朋友吃東西也就算了，潔娜小姐幾乎是高中生的年紀，大庭廣眾下這樣放閃實在有難度。

「今天迷宮探索結束了嗎？」

「是，卡麗娜大人倒下了，所以就撤退。」

「倒下了？卡麗娜大人受傷了嗎！」

潔娜小姐聽了莉薩的報告，嚇得撞倒椅子站起來。

椅子一倒，聲音嚇得小玉跟波奇瞪大眼睛，炸尾豎耳。

「受傷倒是沒有。」莉薩這麼說，潔娜小姐才放心鬆了口氣。

兩人相識還沒有多久，但潔娜小姐跟卡麗娜小姐一起撐過了太守夫人的茶會，感覺可能就像出生入死的戰友吧。

「是升級暈嗎？」

除了獸人女孩三人組之外，其他人都不在，我邊摸小玉跟波奇的頭邊問莉薩。

其實這算是問給潔娜聽的。

「是，卡麗娜大人的升級暈很嚴重，所以在探索家公會的醫務室休息。有碧娜大人她們陪著，應該沒事。」

「升級暈，是嗎？難道之前倒下的時候也是——」

「對啊，當時也是升級暈。」

我點頭肯定潔娜小姐的問題。

「到、到底要操練多凶才會升級暈啊……」

「只是跟同水準的對手對打個幾十次而已。討伐起來的魔物數量還沒破百，應該不算操得太凶。」

「破、破百？」

莉薩一說，潔娜小姐就傻了。

「喂，聽到沒有！」

「有啊，不愧是黑槍莉薩。」

「跟同水準的對手連續交戰，有幾條命都不夠用吧。」

「沒有這樣破格，怎麼可能短短幾個月就變成祕銀探索家呢？」

路過露天座的探索家們，有些不敢領教地竊竊私語。

「如果潔娜小姐有興趣，要不要試一次呢？」

「呃，我就──」

莉薩邀請潔娜小姐，潔娜小姐往我看，我點頭。

「莉薩，沒關係，明天開始要去迷宮開拓獵場，三天兩夜，我就打算讓潔娜小姐用這個步調去獵魔物的。」

「呃，佐藤先生？」

潔娜小姐的表情好像是被出賣的凱撒大帝一樣。

「我也會一起去，而且安全第一，妳就別擔心了。」

「好、好的……」

我笑著對潔娜小姐這麼說，潔娜小姐猶豫片刻後也答應了。

她的表情有點僵，但是實際開拓迷宮獵場之後，應該會知道是白操心了。

──對啦。

趁現在告訴潔娜小姐吧。

「潔娜小姐，關於明天開始的迷宮行程，我有事要告訴妳。」

「什麼事呢？」

潔娜小姐進入辦公模式，緊張兮兮，我說沒什麼大不了，接著解釋下去。

「只有潔娜小姐一行人，能打的人不夠多，我想讓卡麗娜小姐和兩名隨從同行，妳說好嗎？」

「咦？啊，沒關係呀。」

潔娜小姐糊里糊塗地答應了。

潔娜小姐還擔心自己的分隊會不會扯後腿，但我說雙方等級差不多，保證沒問題。

◆

「——開拓獵場是嗎？」

洗完澡穿浴袍的卡麗娜小姐現身，我約她參加明天開始的三天兩夜獵場開拓行。

這件浴袍經過亞里沙監製，胸和腿都包緊緊，款式毫無魅力可言。

卡麗娜小姐似乎很中意毛巾布的柔軟觸感。

「是啊，為了訓練潔娜小姐一行，我們要去第十一區域對面的區域開拓新獵場。」

「……只有潔娜，太狡猾了。」

卡麗娜小姐聽了我的解釋，小聲抱怨，但被我的「順風耳」技能聽見。

看來之前亞里沙說得沒錯，卡麗娜小姐覺得我對潔娜小姐偏心。

「喵？」

「怎麼了喲？」

小玉有聽見，但是洗完澡正在享受水果牛奶的波奇就漏聽了。

「我不要參加獵場開拓行！」

「小姐沒興趣嗎？」

「興趣是有啦……」

「一起去打吧～？」

「對喲！新獵場有新的肉在等我們喲！」

卡麗娜小姐含糊其辭，小玉跟波奇也邀她一起去。

「那我——不、不行，還是不去！」

卡麗娜小姐差點輸給戰鬥與美食的誘惑，但還是猛搖頭驅散煩惱。

頭一搖，雙峰也跟著搖，我差點被魅惑，請不要穿著浴袍做激烈動作好嗎？

「真的不去嗎？主人跟露露都會一起去，晚餐的水準會降低一點喔？」

「我、我說不去，就是不去！」

卡麗娜小姐聽了亞里沙這話愁眉苦臉，但又很快別過頭。

她很明顯在逞強，我也不希望搞得死纏爛打，兩邊尷尬，所以決定放棄。

「我懂了，那也就不勉強——」

我正要放棄請卡麗娜小姐同行的時候，她卻猛然回頭。

表情就像被拋棄的小狗。

這都是因為我沒有好好安撫人家，就幫個忙吧。

「——不過呢，是不是方便卡麗娜小姐同行一趟，確認我給小姐保管的武器性能如何？」

「真、真沒辦法，既然佐藤這麼堅持，我就一起去吧！」

我硬掰了一個理由，卡麗娜小姐問也不問就點頭了。

「好好好，勉強勉強去啦。」

亞里沙嘀咕一聲，真是不老實。

幸好沒跟卡麗娜小姐鬧翻，也罷。

隔天早上，我帶著卡麗娜小姐一行前往西門前。

我身邊跟著獸人女孩們，卡麗娜小姐，小姐的隨從艾莉娜跟新人妹。這次人比較多，所以碧娜看家。

其他同伴本來也要去，但是小朋友們不希望魔法課中途告吹，央求亞里沙要留下來，所以露露、娜娜、蜜雅三人也跟著亞里沙去了育幼院。這一趟本來就太大陣仗，少幾個同行沒關係。

大家說最後一天會送禮來探班，到時就讓大家看看潔娜小姐等人的訓練成果吧。

修行的成果

「我是潔娜。一座山究竟有多高，不到山腳下就不知道。但如果因為山比想像中還高就怕得軟腿，我想永遠都登不上山頂。」

「潔娜小姐！」

我在西門前等人，突然聽到懷念的喊聲，原來是佐藤先生從人群那頭過來了。

今天的佐藤先生難得身穿鎧甲，是一身感覺不到重量的輕甲，很適合靈巧的佐藤先生。

「潔娜，又重新迷上少年啦？」

「莉、莉莉歐！」

我對在後面開玩笑的莉莉歐抗議。

其實也不能說她亂講，但是我們馬上就要去迷宮，不希望被佐藤先生發現我心浮氣躁。

佐藤先生後面跟著穆諾男爵千金卡麗娜大人，還有莉薩她們。

卡麗娜大人穿著之前見過的美麗鎧甲，背上的大劍比伊歐娜的大劍還大。

「佐藤先生，今天請多多指教。」
「彼此彼此，多多指教——卡麗娜大人！」
卡麗娜大人一看到我就轉身，佐藤先生把她抓著轉過來面對我。
卡麗娜大人很在意被佐藤先生抓住的肩膀，我可以看透她的心。佐藤先生說不是，但我想她肯定喜歡佐藤先生。
當她在茶會上提到佐藤先生的事情，真是開心極了。
當時假裝是聊勇者故事聊得比較開心，肯定是害羞的關係。
「卡麗娜大人，小、小妹不才，請多指教。」
我緊張地打招呼，還行了軍隊禮，卡麗娜大人看著我不說話，眼神有些為難。
「卡麗娜大人？」
「沒事啦。」
佐藤先生問了一聲，卡麗娜大人把亮麗的金髮往後撥，然後狠狠瞪我。
「——妳、妳小心別扯我後腿喔。」
卡麗娜大人說完別過頭，快步走向迷宮去。
「卡麗娜～？」
「不可以傲傲喲。」

「卡麗娜大人，潔娜大人是風魔法高手，絕對不會扯什麼後腿。」

「那、那就好了。」

莉薩她們三個幫忙說話，卡麗娜大人僵硬的表情也和緩了些。

看到卡麗娜大人對佐藤先生耳語，我心裡有點悶。

「潔娜，妳不主動出擊，少年會被搶走喔。男人基本上都喜歡奶喔。」

「莉、莉莉歐！」

莉莉歐真是的——佐藤先生才不會看這個。

我先是暗自反駁，但又看看胸前，感覺比同年齡的女生發育慢了些。

下次要跟佐藤先生出門之前，再多塞一塊布吧……

「潔娜小姐，差不多該出發了。」

「啊，是！知道了。」

伊歐娜小姐喊我，我回話之後扛起地上的行李。

我拍拍臉皮，打醒浮躁的心，走向通往迷宮的「死亡走廊」。

「潔娜小姐，回宿舍之後，我告訴妳我家代代相傳的豐胸術如何？」

「——伊、伊歐娜小姐？」

伊歐娜小姐對我咬耳朵，笑得很頑皮。

「妳覺得沒必要？」

伊歐娜小姐的口氣有點壞心眼，我低聲回答她：「要，麻煩妳了。」

我要感謝陰暗的「死亡走廊」。

這下就不怕走在前面的佐藤先生，發現我面紅耳赤了——

◆

「是說，到處都是人啊。」

領頭的斥候莉莉歐嘀咕一聲。

迷宮的大走廊上，探索家們來來往往，很少遭遇魔物。

之前替聖留伯爵領軍迷宮選拔隊帶路的女探索家集團「銀光」，也說過第一區域和周邊區域根本沒東西好獵。

「蛾～」

「是迷宮蛾喲！」

跟莉莉歐一起領頭的小玉和波奇，指著陰暗的天花板說，但我只看見一片漆黑。

我可以用中級風魔法進行探索，但是無法探測到不動的對象，所以索敵魔法的感觸沒有告訴我兩個小女孩所提到的迷宮蛾。

「在哪？」

莉莉歐提起軍用提燈對著前方的天花板。

這個提燈開發出來就是要在夜間討伐盜賊，照明範圍小但距離遠，相當優秀。

「——有了，左邊一點。」

眼力好的魯鄔，從莉莉歐後面發出指示。

迷宮蛾有保護色，照到光還是很難分辨，但確實就停在天花板的凹洞裡，有半個人那麼大。

迷宮蛾不喜歡提燈的光線，慢慢爬著躲進天花板的暗處。

「妳拿著。」

莉莉歐把提燈交給伊歐娜小姐，拿起背後的十字弓架上短箭。

「——嘖，沒射中。」

看來距離比莉莉歐目測得更遠。

迷宮蛾灑著鱗粉，往這裡飛過來。

伊歐娜小姐和魯鄔都拔劍。

「嘿～」

「呀～的喲！」

小玉跟波奇用力扔出了什麼，刺穿迷宮蛾。

迷宮蛾在半空中掙扎一下子，就無力地掉下來。

「迷宮蛾的鱗粉有毒，最好在遠距離之外解決掉。要是解決之後馬上靠近，會吸入飄在空中的鱗粉，請用沾濕的布條摀住口鼻喔。」

我們照佐藤先生的指示，快快通過鱗粉飄浮的地區。

「迷宮蛾喜歡趁獵物從下方經過的時候偷偷灑鱗粉，等獵物虛弱了就從後方偷襲，請各位小心喔。」

「所以提燈也要照天花板？」

「就是這樣。」

莉莉歐確認，佐藤先生同意。

「標示碑變了，從這裡開始就是第十一區域了。」

「從這裡開始會有更多怪，請各位小心。」

佐藤先生提醒，大家都點頭。

第一個岔路口堆滿了石塊，足以堵住整條大走廊。

應該是天花板崩塌，塞住了中央的通道。

左右兩邊的通道也都有崩塌的石塊，但勉強還留著可以讓一個人通過的空間。

莉莉歐走向大走廊地上的一塊岩石。

「好像有寫字，潔娜看得懂嗎？」

「我看看——文法有點古老，意思是『踏進地獄的愚蠢探索家們，小心騎士殺手』。」

「騎士殺手？」

「通常是指能夠貫穿騎士板甲的『一角飛蝗』，還有能打凹堅固盔甲的『岩頭蜂』。兩者動作都很快，請各位不要大意了。」

佐藤先生詳盡地解釋。

不愧是號稱大陸最古老的迷宮「賽利維拉迷宮」。

有些對手沒那麼容易應付。

「岩頭蜂的肉很甜，好吃喲。」

「一角飛蝗要做成加乃隆麵捲脆脆吃～？」

波奇跟小玉回頭笑著跟我說。

看來足以打倒騎士的魔物，對她們兩個來說只是食材。

我不知道加乃隆麵捲是什麼，之後問問佐藤先生好了。

「那我一定要吃吃看。」

「卡麗娜肯定喜歡喲。」

走在我後面的卡麗娜大人也興致勃勃。

「我想說飛龍的肉又硬又難吃，原來迷宮裡的魔物也有好吃的啊。」

「喵？」

「飛龍也很好吃的喲？」

「真是，如果飛龍也算好吃的話，那一角飛蝗跟岩頭蜂就沒什麼好期待的啦……」

有點對不起小玉跟波奇，但是魯鄔說得不錯，最好別抱太大期望。

「主人，在這附近給大家『那個』應該可以吧？」

「也對。」

佐藤先生回頭看了我一眼，然後同意莉薩的話。

「潔娜小姐，莉莉歐小姐——請把不慣用手的護手換成這個吧。」

佐藤先生給我一個閃閃發亮的護手。

「魔物材料的護手？」

「對，請戴上之後灌注魔力看看。」

莉莉歐發問，佐藤先生點頭。

我也按照指示裝上護手，試著灌注魔力。

「——不會吧！」

護手上出現了一個「盾」，就跟術理魔法使所施展的一樣。

「哇——厲害喔。」

「透明的盾啊，這樣可以看到前面，而且輕巧又好用呢。」

魯鄔和莉莉歐看到透明的「盾」說出真心感想。

「潔娜小姐，這是……」

伊歐娜小姐對我開口，我點頭。

這肯定是國寶級的魔法防具。

是不至於到「神代祕寶」的等級，但是一灌注魔力就迅速出現盾，肯定不是普通的魔法防具。

聖留伯爵所有的魔法鎧甲「威廉」，應該也沒這麼快就展開魔法屏障。

「佐藤先生，這是？」

「跟術理魔法『盾』的性質相同，但是強度不高，就當以備不時之需吧。」

「啊，我、我不是指那個……」

我這麼說，佐藤先生有些糊塗。

魔法道具的行情我不太熟，但是這應該不會少於一百枚金幣，甚至兩百枚。

佐藤先生不可能不懂這件魔法防具有多昂貴、多稀罕。

也就是說他明知道，還是為了我們的安全，借給我們使用？

「真的可以借我們這樣高貴的裝備嗎？」

「當然可以。這是越後屋商會大老闆委託我，要進行實戰測試的樣品，就算用壞了也不必賠，大家輕鬆用就好。」

這要我怎麼輕鬆得起來呢？

「耶嘿嘿，好吧！」真希望我能像莉莉歐那樣，一翻臉就開始炫耀。

佐藤先生可能不知道我的心聲，又說出更驚人的事實。

「對了，忘記告訴各位，只要按著手腕這邊的石頭灌注魔力，就會產生類似術理魔法『物理防禦附加』的魔力屏障，大概持續半刻。這防禦力大概只有一件厚衣服的程度，但是能夠避免擦傷跟輕微割傷，請試試看吧。」

「哇，對我這個斥候來說可方便了。」

莉莉歐說得輕鬆，但這肯定跟剛才的「盾」一樣昂貴。

我想這顆紅色石頭本身又是別的魔法道具了。

「那我們走吧。莉莉歐小姐，請注意魔力消耗的程度喔。」

「了解，那我們要走岔路的左邊還是右邊？」

「兩邊都不是，正面岩石之間有條小徑，請往裡面進去。」

「──小徑？」

莉莉歐往岩石裡瞧。

「這裡～？」

「太難找了吧，竟然能找到這樣的密道啊。」

莉莉歐找都找不到，小玉走上前告訴她，在不起眼的地方有道石縫。

於是莉莉歐帶頭，我們成一個縱隊穿過岩石的縫隙。

途中有碰到小魔物，但是都被我的索敵魔法，或者莉莉歐先探察發現，成功先下手為強。

鑽出大路之後，莉莉歐停下腳步。

「等等，有東西。」

我們後面的人聽了也停下腳步。

「喔，那是用油漆標示的陷阱啦。」

「肉球標誌～？」

「是我跟小玉一起畫的喲。」

這附近是探索家學校的實習場地，所以有標示出已知的陷阱位置。

「看來前不久才有人經過喔。」

我們繼續前進一陣子，莉莉歐又說了。

沒錯，路邊躺了剛死不久的魔物屍體。

「超渡～」

「南無南無喲。」

小玉跟波奇對屍體灑下白色粉末，說了些外國語言。

「這是『淨化灰』，可以避免屍體變成不死生物。效果不如神官的淨化魔法或神殿謹製的聖水，但是比焚燒要方便一點。」

佐藤先生說小小一壺的淨化灰要好幾枚大銅幣，但是小型魔物需要的份量不多，一隻大概只花一枚賤幣就夠。

上了大通道，莉莉歐又停下腳步。

地上躺了好幾具魔物屍體。

「等等，有陷阱。」

此話一出，我們後面的人也停下腳步。

莉莉歐逐一調查屍體，小玉也走個幾步在旁邊觀察過程。

「要後退嗎？」

「等等——沒問題，是差勁的飛箭陷阱，我馬上拆掉。大家別靠近，免得危險。」

莉莉歐回答魯鄔的問題，然後拆除陷阱。

「難得這附近會出現新的陷阱啊。」

「哥布林陷阱手～？」

「烏沙沙說他們有看過喲。」

佐藤先生說了，小玉補充這是哥布林陷阱手幹的好事，至於波奇說的烏沙沙，是從探索家學校畢業的兔人。

「好，拆掉了。」

「不錯喔，莉莉歐。」

「嘿嘿——這對我來說小菜一碟啦。還有個陷阱，我也順便解決掉。」

莉莉歐被魯鄔一誇就得意起來，指著另一具屍體說。

「嘿嘿——這種欺負新手的雙重陷阱，也想讓老娘莉莉歐中招？」

莉莉歐說著就要往陷阱走去。

「站住～？」

小玉拉住莉莉歐的衣服阻止。

「——怎樣？」

「看清楚～」

小玉指著莉莉歐的腳邊。

我在這裡什麼都看不見。

「……線？」

「線一斷，牆壁裡就會噗～的噴毒喔～」

看來目標是騙斥候拆除第一個陷阱，準備拆第二個的途中，設下了第三個陷阱。

「這、這我該怎麼辦啊？」

「等等喔～？」

小玉沿著線看過去，小心翼翼地走向一具屍體。

「拆除除～」

「怎樣？行嗎？」

「拆掉了～可以動了喔～？」

——好快。

我只看她在暗處摸了幾下，竟然就拆掉了。

「不愧是小玉喲！」

「嘻嘿嘿～」

「謝啦，是怎樣的陷阱啊？」

「怎樣喔～看這個～？」

莉莉歐向小玉討教陷阱的結構，還有拆除方法。

「迷宮裡面要是有很明顯的陷阱，附近通常會有其他陷阱，請小心喔。」

「我有學過陷阱不會只有一個，想不到連第二個都是誘餌啊。」

莉莉歐聽了佐藤先生的忠告，懊惱地點頭。

「前面有東西過來。」

索敵魔法的感覺告訴我，對方個頭不是很大。

「魯郞小姐請舉盾，三隻岩頭蜂過來了。」

「交給我——」

黑暗中傳出振翅聲，並衝出三條黑影，佐藤先生精準掌握對手並告訴魯郞。

岩頭蜂撞上魯鄔的盾，發出響亮的咚咚聲。

「——唔喔！」

第三隻撞上來的時候，魯鄔稍微失去平衡。

「趁現在！」

伊歐娜小姐從魯鄔背後跳出來，用大劍砍向掉在地上的岩頭蜂。

「我也上！」

「卡、卡麗娜大人！」

「稍等啊！」

卡麗娜大人衝上前，舉起比伊歐娜小姐更大的大劍往別隻岩頭蜂砸下去。

通道上發出巨響，但岩頭蜂毫髮無傷，又飛了起來。

「沒中～？」

「要多練習喲。」

「還早還早！」

「好了，卡麗娜大人請停手。」

卡麗娜大人想追擊，被佐藤先生攔下。

此時伊歐娜小姐和莉莉歐已經收拾掉第二隻了。

「在狹窄的通道裡橫甩大劍很危險，這裡就交給她們吧。」

「我、我知道了……」

卡麗娜小姐紅著臉別過頭。

看來卡麗娜小姐果然對佐藤先生……

「潔娜小姐，索敵有持續嗎？」

——啊，有東西來了。

「前方又多來了三個，很快。」

佐藤先生沒警告的話，我還沒發現呢。

「伊歐娜，退下！」

「一角飛蝗來了，被那尖角刺到可能會致命，請注意。」

魯鄔才剛喊，佐藤先生就說了接近的魔物是什麼。

現在根本還看不到對方，但佐藤先生卻一清二楚。

這就是探索家的經驗多寡之分嗎？

「唔啦啊啊啊！」

魯鄔施展「挑釁」技能，放聲大吼。

長著尖角的蚱蜢被大盾彈開，刺上旁邊的岩石，撞擊聲比剛才的岩頭蜂要小些。

「呃，可以刺進岩石喔……」

「真不愧是『騎士殺手』。」

莉莉歐和伊歐娜小姐在魯鄔後面感嘆。

——等等，能刺進岩石？

「魯鄔！妳有受傷嗎？」

聽我一喊，莉莉歐跟伊歐娜小姐抬頭看魯鄔。

「我沒事，剩下的岩頭蜂交給我，麻煩妳們解決刺到石頭裡的傢伙。」

聽魯鄔這麼說，我鬆了口氣，伊歐娜小姐和莉莉歐分別去攻打刺進地面的一角飛蝗。

「一角飛蝗打頭就輕鬆了。」

兩人聽從佐藤先生的建議，對著一角飛蝗的頭揮劍。

「拔、拔不出來啊！」

卡麗娜大人衝向第三隻飛蝗，結果沒砍中，大劍刺進地面去了。

「新人妹，支援卡麗娜大人！」

「是！我要上啦！」

卡麗娜大人的兩位隨從，用短劍猛敲第三隻一角飛蝗。

「卡麗娜，後面～」

「有蜂的喲！」

有隻岩頭蜂被魯鄔的大盾撞開，衝向卡麗娜大人毫無防備的背後。

——咦？

卡麗娜大人背後浮現幾片白亮的小鱗片，把岩頭蜂給撞開了。

「哎呀！」

卡麗娜大人發出可愛的尖叫聲，受後座力影響往前倒下，幸好應該是沒受傷。

「唔喔啊啊啊！」

魯鄔再次發動「挑釁」技能大吼，岩頭蜂卻不當一回事，直往我衝過來。我想是技能發動失敗了。

我很訝異自己竟然這麼冷靜，舉起手裡的風杖，對著岩頭蜂灌注魔力。

看不見的風彈把岩頭蜂從我面前推開。

岩頭蜂衝向殿後的莉薩，但是莉薩興趣缺缺地瞥了一眼，手上長槍輕輕一揮就把岩頭蜂打飛，蜂便躺在伊歐娜小姐面前。

看來岩頭蜂對莉薩來說根本不足掛齒。

沒多久，剩下的一角飛蝗跟岩頭蜂都被打敗了。

戰鬥結束後，小玉跟波奇立刻跑上前，回收屍體裡的魔核。

一隻傷勢較輕的岩頭蜂被莉薩回收，帶到我們面前。

「——切割的時候請注意處理內臟。如果切破這裡，肉就會臭掉不能吃。岩頭蜂背部和翅膀根部的肉還算好吃，如果沒有要整隻拿去賣，只要帶走好吃的肉跟魔核就行了。」

莉薩示範如何切剖魔物，大家跟著學。

她還仔細告訴我們哪個部位有什麼用途，可以賣多少錢。

這麼豐富的知識，不敢相信短短一年前她還只是個奴隸。

◆

「佐藤閣下！」

「潘德拉剛卿！」

我們在通道上經歷多次交戰，然後碰到一群小朋友，身上穿著昂貴的裝備。

我好像在探索家學校的操場上見過他們好多次，都是在操課。

應該是迷宮都市太守閣下那些上級貴族們的子弟。

除了小朋友之外，當然也有比魯郞更健壯的女騎士，以及身穿白色盔甲的男騎士跟著當保鑣。

「蓋利茲大人，你們以這裡當據點在獵迷宮蛞蝓嗎？」

「沒錯！潘德拉剛卿聽好了，我們終於達到等級十啦！」

「那真是太好了，請各位小心別受傷啊。」

「對了，潘德拉剛卿身上是否有帶甜食呢？」

「我是有些薄荷糖，不知道魯拉姆閣下是否喜歡？」

「吃了真是口齒清涼，嗯，這是好東西啊。」

一個胖男孩收了佐藤先生給的糖，讚不絕口。

「只有魯拉姆閣下有糖，不公平，我們希望每人都有一個。」

「好啊，米提雅大人，當然都有。」

其他小朋友也開心地向佐藤先生拿糖。

看來貴族子弟們都很仰慕佐藤先生。

「士爵大人，有些事情要向您報告——」

配著探索家學校徽章的男老師卡吉羅，對著佐藤先生耳語。

「有探索家帶著小型的飛行從魔？」

「對，我們只是在路上錯過，但當時聽見他們要去第十九區域亂獵螳螂。」

我們也要去那個區域，真有點擔心。

「應該是打算用從魔當誘餌，引出危險地帶的螳螂吧。」

佐藤先生這麼說，男老師也點頭。

「用從魔引怪可能引發連鎖失控，請小心別被波及了。」

「好，多謝你的提醒。」

男老師剛說完，斥候們就引回了巨大蛞蝓般的魔物，一行人要開打，我們也就離開了他們的據點。

「士爵大人，前方有很多這種魔物嗎？」

伊歐娜小姐臉色慘綠，詢問佐藤先生。

「那種魔物——是說迷宮蛞蝓嗎？剛才那個據點附近的水源地，有很多蛞蝓棲息，但是其他地方幾乎不會出現，我想應該沒機會交手吧。」

「這、這樣啊，那就好……」

伊歐娜小姐鬆了口氣，我發現旁邊的魯郇也一樣鬆口氣。

那種黏膩滑溜的東西，真的讓人不禁渾身發麻。

莉莉歐跟佐藤先生他們好像不怕，但是卡麗娜大人跟兩名隨從應該跟我們有相同感想。

「我聽到聲音，大家小心——」

聽到莉莉歐的警告，小玉跟波奇也猛點頭。

其實兩人不久之前就一直偷看莉莉歐，應該是早就聽見了。

沿著通道走了一段，我的索敵魔法也有了反應。

好像有什麼在打鬥。

沒多久，就發現人族與獸人的混編隊伍正在打一隻蝗蟲魔物。

三名拿盾的前鋒專心防禦，四名持長槍的後衛設法攻擊。

「啊——烏沙沙～？」

「拉比比跟高加爾也在喲！」

小玉跟波奇指著前方，告訴佐藤先生。

「佐藤先生，他們也是探索家學校的學生嗎？」

「不是啦，那件藍斗篷是畢業生的證明喔。」

「筆槍龍～」

「畢業生會得到『筆槍龍』的斗篷喲！」

佐藤先生回答，小玉跟波奇補充。

卡麗娜大人好像也很想聊，我問她「卡麗娜大人也知道『筆槍龍』是什麼嗎？」結果她別過頭說：「我、我知道啊。」

「哦——他們還挺行的呢。」

「單獨一個是不如魯郻，不過三個人扛盾分散魔物攻擊，打得很穩喔。」

「當然喔～？」

「烏沙沙他們很努力的喲。」

魯郻跟伊歐娜小姐稱讚畢業生們，小玉跟波奇也引以為傲。

「差不多要打倒迷宮蝗蟲了。」

佐藤先生才說完，前鋒的犬人男孩就拿釘錘砸碎了蝗蟲的腦袋，結束這一仗。

「高加爾，讚喔～？」

「烏沙沙跟拉比比也很努力喲。」

「「「小玉大姊，波奇大姊！」」」

小玉跟波奇一喊聲，「筆槍龍」的小朋友們就開心回話。

「「「少爺！」」」

「筆槍龍」小朋友們看到佐藤先生就跑過來，佐藤先生稱讚小朋友們打得好，然後雙方就開始交換獵場資訊。

佐藤先生向我招手，我也向大家打招呼，一起聽消息。

「前面有個草地大房間，那裡在繁殖迷宮飛蝗跟迷宮蝗，是。有時候還會冒出兵螳螂，不過比較少見，是。」

人類男孩努力想要表達尊敬，手拿地圖指點情報。

看來除了剛才的蝗蟲，還有各種昆蟲類魔物。

「草地過去之後，有個螳螂類魔物出沒的大空洞，到處都是獵人螳螂，我們不會靠近，是。」

「之前靠近過一『促』，結果牠對我們射一『租』又粗又大的箭說。」

獵人螳螂啊……沒有聽說過這個魔物，之後問問佐藤先生吧。

「士爵大人，或許是看錯了，但烏沙沙說有發現比獵人螳螂更龐大的魔物，是。或許是『區域之主』或眷屬吧。」

「啊，這有可能，因為那個空洞就連接『區域之主』的房間啊。」

沒聽過的名詞可真多。

「——佐藤先生，『區域之主』是什麼？」

等佐藤先生跟男孩聊到一個段落，我問了特別想知道的名詞。

「大概等級五十的強大魔物啊。強度相當於中級魔族，而且身體龐大，交戰之前最好做足準備喔。」

「「「等級五十！」」」

莉莉歐她們同聲驚呼。

「等級高就算了，還跟中級魔族一樣強……」

莉莉歐愣得喃喃自語。

我回想起在列瑟烏伯爵領看過的中級魔族。

不過一個魔族，就用強大魔法把列瑟烏伯爵領軍打得落花流水。

現在回想起來還是會發抖。

「可千萬別碰到啊。」

「就是說啊。」

我嘀咕，魯鄔用力點頭。

「那我們就走啦。這附近會有擬態史萊姆從地面上冒出來，所以除了牆面和天花板，也要注意地面喔。」

「「「知道了，少爺。」」」

看著活力充沛的筆槍龍們離開，我們也跟著出發。

我們避開有迷宮飛蝗與迷宮蝗的大房間，盡量減少交戰，繼續前進。

◆

「——好壯觀啊。」

我們走向通道盡頭的光芒，岩石包圍的窄小出口那頭，是個完全不像地底的空曠空間。

「漂亮喔～？」

「好寬廣喲。」

小玉跟波奇爬到岩石上眺望四周。

「莉莉歐小姐，請往左邊前進。」

「了解。」

莉莉歐跟小玉她們一起觀察空洞，然後按照佐藤先生的指示繼續前進。

我也伸手拉了佐藤先生一把，爬過通道出口的岩石。

我們剛才走的通道，通往大空洞中段高度的一條外牆走廊。

「索敵魔法有反應，應該都在這懸崖下面。」

沒看到剛才筆槍龍他們所說的巨大魔物，但是遠方一片霧濛濛看不清楚，或許是在煙霧之中。

「危險。」

小玉小聲警告。

莉莉歐趴在地上用耳朵聽。

我的索敵魔法，只感應到懸崖底下徘徊的魔物。

「腳步聲很沉——有東西來了！」

「快看喲！」

波奇指向煙霧裡面。

煙霧裡浮現身影，好像是騎在馬上的騎士。

「應該是獵人螳螂吧。」

佐藤先生悠哉地說。

黑影從煙霧裡衝了出來。

「趴下！」

莉莉歐一喊，我立刻趴下。

說時遲那時快，只聽見破風聲和岩石被刺穿的聲音。

抬頭一看，一枝巨箭刺在岩石上，這箭好像幾枝長槍綑在一起那麼粗。

被射中肯定當場死亡。

我渾身發冷，抖個不停。

「看來被獵人螳螂發現了，莉莉歐小姐，請馬上前往前方的橫坑。」

佐藤先生冷靜指示，總算讓我停止發抖。

「了解！」莉莉歐喊了就衝出去。

跟著奔跑途中，眼角看見巨大的螳螂正在長弓上架起一枝箭。

——糟糕。

這樣下去來不及。

一聲巨響，巨箭刺在牆上。

我還以為有人被射中，結果箭插在比預料中更高的地方。

就好像有個看不見的巨人把箭給架開。

「好，快跑！趁下枝箭還沒射來！」

佐藤先生大喊，我們連忙跑進牆上一條洞穴狀的通道裡。

「大家都在吧？我們休息一下，繼續前往獵場。」

才剛經過生死關頭，佐藤先生還是平常心。

而且莉薩、小玉跟波奇也很正常。

看來這就是迷宮探索家的日常生活了……

我得更努力，至少別扯了佐藤先生他們的後腿。

◆

「好棒啊！潔娜，妳看這水源真乾淨，好像可以直接喝呢。」

調查水源的莉莉歐回頭報告。

佐藤先生帶我們來到第十九區域，這裡有個安全地帶，看來稍微整理一下就能當長期探索的據點，面積可供三十到五十人紮營。

「這個果子好像可以吃喲。」

「好吃嗎？」

「不知道喲。除了主人說『可以吃』之外的東西，都不能吃喲？」

波奇調查長在水源附近的植物，然後跟莉莉歐聊起來。

「前面有個地方，應該可以當廁所跟垃圾坑喔。」

「看這裡東西都很老舊，又長了藤蔓，應該閒置了很長一段時間，但是怎麼都完好無損呢？」

魯鄔和伊歐娜小姐帶波奇去探查一圈，回來這麼說。

「前面的廣場應該可以當獵場，有幾個地方比較方便當打獵陣地，魔物種類也跟事前取得的資訊一樣。」

一手拿著地圖的佐藤先生走了回來。

同行的莉薩扛著一隻大野獸。

「請問，那是什麼？」

「是獵來當晚餐的『鱷壁虎』，牠會用四肢的吸盤走在牆壁或天花板上，打獵的時候請注意索敵範圍。」

我問一句，莉薩回答一串。

「潔娜小姐，魔物分布大概是這樣，請轉記到自己的地圖上。」

「是，謝謝佐藤先生。」

我看看佐藤先生借我的地圖。

上面寫的字工整又漂亮，記載了魔物分布、陷阱地點，還有緊急避難地點。

莉莉歐在我旁邊看地圖，我邊抄邊唸給她聽。

預定的開拓地點，到處都有等級六到等級八的迷宮蝗和迷宮飛蝗，正好適合我們這些等級十二到十五的人。

可是——

「呃，佐藤先生，有關這個地圖——」

我看了魔物分布表之後提出問題。

「有什麼問題嗎？」

「以這個分布來看，要獵迷宮蝗和迷宮飛蝗，好像很難閃開兵螳螂跟鱷壁虎吧？」

上面寫說兵螳螂跟鱷壁虎大概是等級十五左右，不小心打起來就危險了。

我不太清楚卡麗娜小姐她們的實力，光靠我們分隊四個，應該只能勉強贏個沒人受傷。

如果是為了保護領民而戰也就算了，這麼強的對手應該不必特別討打吧。

「——閃開？」

佐藤先生歪頭表示不解。

「不必特別閃開啊。本來就打算請各位慢慢習慣之後，改獵兵螳螂跟鱷壁虎的。」

「呃，真的假的？」

莉莉歐的任務是闖進魔物地盤引出魔物，聽了脫口哀號。

伊歐娜和卡麗娜小姐她們聽了，也趕到這邊來。

「等級十五左右？」

「我不認識鱷壁虎，但是兵螳螂這魔物挺強的吧？」

「就算只有一隻，跟同水準的對手交戰不是很危險嗎？」

伊歐娜小姐跟魯鄔跟我有相同反應。

但是卡麗娜大人就不太一樣。

「不跟同水準的對手打，怎麼算是修行呢！波奇，小玉，對不對！」

「ＹＥＳ～」

「就是說喲！跟強敵打得『肉雪費糖』才重要喲！」

看來卡麗娜大人她們都是這樣打過來的。

……想必一定要打得這樣艱辛，才會那樣迅速升級，發生大家以為是謠傳的升級量吧。

「……動手吧。」

「潔、潔娜？」

我下定決心，莉莉歐她們看我的眼神好像以為我瘋了。

我也知道這很逞強。

但是，但是我依然要——

「沒問題的。」

佐藤先生輕拍我的肩膀。

「剛開始打起來會很辛苦，所以先靠打迷宮蝗跟迷宮飛蝗來升級，同時習慣兵螳螂吧。」

佐藤先生補充，但莉莉歐她們還是不想跟同水準的對手打。

「如果有危險的話，我們就會參戰。兵螳螂跟鱷壁虎這種程度，來個幾十隻我們一樣收拾掉。」

佐藤先生說要出手相助，莉莉歐她們才答應下來。

「這裡的草都跟人一樣高呢。」

我們將遠征的大件行李放在安全地帶，以輕裝前往預定的獵場。

這裡的面積跟城堡裡的訓練場差不多大，天花板還會發出微光，由於光源向下照射，天花板附近更加陰暗，也更加詭譎。

我們在角落找了個適合當據點的地方，建立陣地。

說是陣地，其實只有把地上的岩石丟開，因為沒有土魔法使，岩石會妨礙戰鬥。再來就是割割陣地周邊的雜草，確保視野開闊罷了。

「潔娜，有敵人嗎？」

「整個大房間裡面都有，有三隻魔物比較強，迷宮蝗跟迷宮飛蝗這種小型魔物有四十隻以上，陣地周圍沒有敵人出沒。」

我用索敵魔法掌握情報，整理之後回答魯鄔的問題。

陰暗的天花板之中有隻大魔物，應該是鱷壁虎。

迷宮飛蟻跟針翅蟲飛在比雜草高一點的地方，牠們的體積比迷宮蝗或迷宮飛蝗要小。

「少年，你在做啥？」

「我在撒些驅趕魔物的粉末，避免那些對升級沒幫助的小東西靠近啊。」

佐藤先生在陣地周圍撒著白色粉末，莉莉歐發問，他便回答。

而且還笑著說，這還可以驅蟲呢。

「……潔娜小姐？」

「啊，抱歉，我突然發呆了。」

「是喔——」

如果我說我被佐藤先生的笑容迷住，莉莉歐她們一定會笑我笑三天，所以我敷衍過去。

但是伊歐娜小姐先刻意偷看佐藤先生一眼才來問我，我沒信心可以敷衍成功。

重新確認伊歐娜小姐和魯鄔在戰鬥時的魔法優先順序。

「潔娜小姐，蹲低——」

伊歐娜小姐往前看，發現兵螳螂的腦袋從雜草叢裡冒了出來。

總有一天要跟那個對打的。

「沒有經驗的話會擔心，不如先跟兵螳螂打一次吧。」

「——耶？」

我們正在猶豫的時候，佐藤先生這麼說，要我們去引兵螳螂。

「沒問題！我曾經一個人就打贏過！」

「卡麗娜，大意失荊州喲。」

有兩個人聊得很輕鬆，但是我們跟不上這麼劇烈的變化。

「兵螳螂在賽利維拉迷宮裡面，算是等級最低的螳螂類魔物，如果不行，我們會出手解決，請放心試試水溫吧。」

佐藤先生注意到我們的心聲，如果他沒有這麼說，我們可能連一半的實力都施展不出來。

沒多久，小玉就引來一隻兵螳螂。

好大。

身高將近魯鄔的兩倍高。

這麼強的魔物，佐藤先生竟然說，在賽利維拉迷宮裡面算是最低階的螳螂類魔物。

那麼我們就不能害怕這點水準的對手。

我擠出渾身的力氣，瞪著慢慢逼近的兵螳螂。

「這裡啊！臭妖怪！」

魯鄔施放挑釁技能對兵螳螂怒吼。

——KWWWAAAAMUWA。

兵螳螂停下腳步，舉起翅膀跟四隻前腳，大吼恫嚇。

「……■■■　風縛。」

幸好牠停下動作，我才能輕鬆施展妨礙類魔法。

風勢纏繞兵螳螂的手腳，減緩牠的速度。

——KWWWAAAAMUWA。

「唔哇啊啊啊！」

兵螳螂發出怒吼，魯鄔也對牠發出怒吼。

兵螳螂中了魯鄔的挑釁，伸出像刀劍一般的前腳——劍臂，由上往下砍來。

這一砍好像會砍穿鐵板。

「——唔喔！」

但是魯鄔的大盾擋住了兵螳螂的攻擊。

「應該行，臭螳螂的攻擊讓我擋，妳們攻擊吧。」

「莉莉歐！」

「了解！」

伊歐娜小姐用大劍攻擊兵螳螂的前腳，莉莉歐用十字弓射擊兵螳螂的頭。

莉莉歐的短箭被頭部蟲殼彈開，但是伊歐娜小姐的大劍砍碎了前腳的外殼，讓前腳流血。

「我們也上啦！」

「卡麗娜大人請從後側面攻擊，免得大劍打到同伴了。」

卡麗娜大人扛著大劍，按照佐藤先生的指示，跑到兵螳螂的側後方。

「艾莉娜跟新人妹，請不要妨礙到魯鄔小姐，從她的後面拿短槍攻擊。」

「了解！」

「好，我、我會加油！」

卡麗娜大人的兩名護衛，掏出沿路上沒有見過的短槍，加入戰局。

……既然是卡麗娜大人的護衛，難道不用護著主子嗎？

「呀啊啊啊啊！」

卡麗娜大人拿著大劍，對兵螳螂使出驚天一砸。

這一砸幾乎要把兵螳螂給砸倒在地。

「好強啊……卡麗娜大人的等級就像佐藤先生你們一樣高嗎？」

「沒有啊，卡麗娜大人只比潔娜小姐高一級而已。」

——真的嗎？

「但是卡麗娜小姐身上帶著穆諾男爵家的傳家寶，『具有智慧的魔法道具』拉卡。」

卡麗娜大人力大無窮，把沉重的大劍當成樹枝一樣揮舞，佐藤先生說都是那個拉卡所賦予的效果。

「喵～」

「卡麗娜～不用砍的打不贏喲！」

「像那樣用蠻力亂砸，我覺得還是聽拉卡閣下的話，改用棍棒比較好吧……」

莉薩她們看著卡麗娜小姐的戰法，不禁嘆氣。

看來那麼驚人的攻擊，對莉薩她們來說還是不及格。

「我的十字弓想射眼睛也射不中啊。」

「這樣就行了。請用十字弓牽制兵螳螂，減少對魯鄔小姐的攻擊。」

「嗯～原來是這樣喔……不過那隻螳螂的攻擊力不如預期的高，有必要掩護魯鄔嗎？」

「那倒不會喔。」佐藤先生聽了莉莉歐的問題，說了這一句就慢慢走向兵螳螂。

佐藤先生突然變出一面堅固的大盾，雙手舉盾承受兵螳螂的劍臂攻擊。

「──呃。」

莉莉歐看了結果就啞口無言。

兵螳螂的劍臂刺穿了佐藤先生手上的盾。

實驗結束，佐藤先生走回來，把盾拿給我跟莉莉歐看。

這面盾用的是鋼板，比魯鄔在領軍裡用的盾還厚。

「糟糕喔～？」

「卡麗娜，不可以吸太多仇恨值喲！」

小玉跟波奇大叫起來。

跟著兩人看去，兵螳螂正轉頭朝向卡麗娜大人。

「看來卡麗娜大人太投入，魔物把目標轉到她身上了。」

佐藤先生悠哉地解說。

魯鄔連忙施展挑釁技能大吼，但是沒有反應。

看來要吸引兵螳螂的注意力沒有成功。

「連續使用挑釁技能，效果就降低啦。」

我很感謝詳盡的解說，但是現在不是時候吧。

結果我的擔心馬上成真，卡麗娜大人被兵螳螂的劍臂狠狠打中，整個人飛向牆邊。

我連忙詠唱魔法。

「■　■■■　擦邊風。」

這是鎮壓暴徒用的下級攻擊魔法，我對打算追擊卡麗娜大人的兵螳螂頭部出招。

這個魔法只能讓人受點擦傷，但是正好達到剛才佐藤先生所指示的「分心」效果。

如我所料，阻止了兵螳螂追打卡麗娜大人。

魯鄔趁機大吼，成功把兵螳螂的注意力吸引到自己身上。

「喔～糟？」

「被打趴真難看喲。」

只見小玉跟波奇在卡麗娜大人身邊，嘆氣搖頭。

這麼無情的反應真令我無言，還以為她們兩個跟卡麗娜大人很好，難道是我誤會了？

「快，魔法藥——」

我邊跑邊從小包裡拿出魔法藥，卻被佐藤先生攔住。

「沒問題啦。」

佐藤先生往前一指，卡麗娜小姐竟然一派輕鬆地站起來說：「真是失手啦。」

「她有拉卡護身，被兵螳螂打個幾招也不會受傷的。」

好強啊……聖留伯爵領最強的奇果利大人才能夠使用「金剛身」，竟然有魔法道具能附加相同的效果……

看來我說小玉跟波奇無情是誤會了，我暗暗向她們道歉。

「——魯鄔！」

「擦傷而已，別擔心。」

魯鄔拿劍的手開始滲血。

她努力吸引兵螳螂的注意，結果就受傷了。

「……■　治療之風。」

這只有止血的效果，但我也盡力了。

保險起見，我確認卡麗娜大人有沒有受傷。

「我的劍怎麼沒了？」

「在螳螂底下～？」

「就算沒劍，有鋼鐵般的身軀就行了喲！」

「知道了！」

——咦？

卡麗娜大人助跑起來，對著兵螳螂的軀幹使出飛踢。

兵螳螂受到意料之外的攻擊，猶豫起來。

難道我看錯了嗎？兵螳螂的複眼好像有點慌呢。

「喝呀～！」

魯鄔趁機使出盾攻擊，把兵螳螂打倒在地。

「對準脖子！」

佐藤先生發出建議，伊歐娜小姐的大劍和卡麗娜小姐兩位護衛的短槍，接連攻擊兵螳螂下顎底下的脖子，總算是打贏了。

「好累啊……」

「勉強是打贏了。」

魯鄔跟伊歐娜小姐跌坐在地。

「我馬上來療傷，請受傷的人在魯鄔旁邊集合。」

「請等等，潔娜小姐去恢復魔力吧。」

我剛要開始詠唱，佐藤先生就阻止我。

「可、可是——」

亞里沙妹她們也說過，沒有使用魔法的時候要設法恢復魔力，但是療傷也很重要啊。

像迷宮這種瘴氣濃烈的地方，如果受傷不治療，可是會被詛咒喪命的。

「療傷請盡量使用魔法藥，我們手邊有下級、中級兩個種類，就看傷勢選著用吧。如果在戰鬥中受傷，前鋒沒空服用魔法藥，再請潔娜小姐使用回復魔法療傷就好。」

「可、可是……」

傷勢又不嚴重，我實在不敢用昂貴的魔法藥。

「魔法藥不管用掉多少都補得回來，請放心儘管用吧。」

「怎麼能說用就用呢……」

看來伊歐娜小姐也不太敢用。

「每打倒幾隻魔物就用掉一瓶，這個步調剛剛好。我還有回復精力的藥水，注意力開始渙散了就請服用吧。」

「佐、佐藤先生，這會不會用太凶了？」

「沒問題，照這個步調去喝不會攝取過量的。」

「呃，不是這個意思——」

「也好啦，總要體會一下海派的打法吧。」

佐藤先生一臉糊塗，聽不懂問題在哪。

「對啊！」

莉莉歐這麼說，魯鄔也贊成。

「但是我這個人怕痛，我會用力防禦的啦！」

魯鄔最後還要搞笑，這個話題就結束了。

「這個對手打起來沒那麼艱辛吧？」

「是啊，不過我想都是託了這些裝備的福。」

「對啊，可以打穿鐵盾的攻擊，這面盾竟然擋得住。我吃了好幾招繞過盾的攻擊，也都被盔甲擋住。除了有些攻擊擦過沒盔甲的部位之外，我敢說連擦傷都不會有啦。」

「劍也是啊。我之前用傳家寶的鋼鐵劍，勉強只能傷到魔物脆弱的關節，不過士爵大人借我的這把劍，可以砍破兵螳螂的硬殼，造成傷害呢。」

這麼說來，我之前打過兵螳螂，對我的妨礙魔法抵抗力好像這次沒這麼低呢。

訓練的時候也借用過裝備，我總覺得佐藤先生替我們準備的裝備，遠比我們想像得更貴，性能也更強。

「那，就開始打獵吧。」

莉莉歐和小玉一起去找下個目標，接下來要鎖定比較弱的迷宮蝗和迷宮飛蝗。

迷宮蝗和迷宮飛蝗比兵螳螂弱太多了。有時候莉莉歐失手拖了幾隻一起來，我們才會陷入苦戰。

我們聽著佐藤先生和莉薩的建議去交戰，戰況自然好轉，之後攻打第二隻兵螳螂，也比第一隻輕鬆了。

甚至打贏第三隻兵螳螂的時候，都沒有人受傷呢。

我們把魔法藥當水喝，在大空洞裡掃蕩魔物，然後建立據點，莉莉歐又從附近的空洞拖怪回來給我們打。

打了又打，戰了又戰。

大概打死超過一百隻魔物的時候，就停手了。

我們從這個空洞打到那個空洞，佐藤先生說光打蚱蜢跟蝗蟲的效率不好，於是把打獵目標改為螳螂類魔物，還加上「迷宮蝸牛（就是大蝸牛）」「紅色食蝸蟲（有紅色甲殼的食蝸步行蟲）」兩者。

我想我們應該是有升級。

而且終於——

「莉莉歐？」

「沒事，只是有點頭暈啦。」

「出現升級暈的徵兆了，我們先回安全地帶休息吧。」

——終於體驗到急速升級才會發生的升級暈。

◆

「好累喔……」

「呼，動不了了。」

「因為打了很久啊。」

一到安全地帶，莉莉歐跟魯鄔馬上跪倒在地，伊歐娜小姐和卡麗娜小姐的護衛們也很難受。

好吧，跟同水準的對手打了又打，打了再打，難免會累。

我也是用了太多魔法，連睜開眼的力氣都快沒了。

「佐藤，我肚子餓了。」

只有卡麗娜大人精神飽滿。

「我去抓飯飯～」

「波奇也去喲！」

小玉跟波奇衝出安全地帶。

「等——」

「不用擔心了，這一帶沒有對手可以傷到她們倆。」

我想攔住她們，但莉薩拍胸脯保證沒問題。

佐藤先生也點頭，看來是我杞人憂天了。

莉莉歐喝光了水壺的水，說要去附近放哨，結果被佐藤先生攔下。

「巡邏就交給我跟莉薩，莉莉歐小姐請休息吧。」

「謝啦，那我休息一下好了。」

「潔娜小姐也請解除索敵魔法，好好休息。大概三小時之後我會通知大家，大家先睡了吧。」

佐藤先生給我們一張柔軟的地墊，我一躺上去就睡著了。

「——好香啊。」

我們眼前出現一頓豐盛大餐，難以想像是在迷宮裡弄出來的。

桌上擺著一籃鬆軟的白麵包，大深盤裝的新鮮蔬菜水果，火候絕妙的大盤厚肉排，還有一大鍋熱氣蒸騰的琥珀色濃湯。

佳餚飄著香料與醬汁的香氣，讓人食指大動。

我用力繃緊肚皮，不敢當著佐藤先生的面咕嚕響，但終究頂不住那難堪的咕嚕嚕聲。

「睡飽了嗎？大概再過半刻就要開始打獵，請隨便吃點東西果腹吧。」

「啊，好的。」

佐藤先生假裝沒聽見我肚子叫，我感謝他的貼心，坐到已經睡醒的莉莉歐跟魯郞旁邊，開始用餐。

「潔娜，早啊。這真是好吃到不像話呢。」

「真的，我都想乾脆住在迷宮裡算了。」

兩人說得很誇張，我笑笑，喝了一口琥珀色濃湯。

——還真的不誇張。

比我吃過的任何美食都好吃。

之前在佐藤先生他們的慶典上，吃過露露小姐的炸白肉魚，那也很好吃，但是現在吃的又更上一層樓。

我吃到傻了。

連等等要繼續打獵都忘了——

結果只有莉薩她們在開戰之前沒有向佐藤先生討胃藥。

我們不斷重複打獵跟休息，到了預定要回去的那天，已經明顯比剛進迷宮的時候強很多了。

「對不起，兩隻螳螂，等等可能還會來一隻蠅壁虎。」

莉莉歐拖著兵螳螂跑過來。

她說有兩隻，但是沒看見另外一隻。

今天打獵的空洞，就在第一天碰到獵人螳螂的大空洞旁邊，空洞的光線從崩塌的牆壁之間透過來，頗為明亮。但是這麼一來，反而看不清陰暗的通道深處。

「天花板附近沒有魔物移動，只有兩隻螳螂。第二隻的反應比較強，可能不是兵螳螂，而是戰螳螂。」

戰螳螂的體格又比兵螳螂大一號，攻擊力跟防禦力大概都高五成，是個強敵。

現在我們可以穩定打贏戰螳螂，但是同時搭配兵螳螂就麻煩了。

「了解，先全力打倒兵螳螂。」

「唔哇啊啊啊！」

我報告，伊歐娜小姐回報，魯鄔發動挑釁技能怒吼，吸引兵螳螂。

「新人妹，上啦！」

「是，艾莉娜姊——雙突刺！」

卡麗娜大人的兩名護衛，使出短槍系的必殺技。

兵螳螂挨了雙突刺，前腳左右的膝關節都被破壞，往前跌倒在魯鄔的大盾上。

「——盾攻擊！」

魯鄔用大盾反擊猛撞，兵螳螂龐大的身軀直往後退。

「伊歐娜！」

莉莉歐大喊一聲，伊歐娜小姐早就準備完成。

伊歐娜小姐使出大劍系的必殺技「昇牙」，攻打兵螳螂毫無防備的喉嚨。
這招專打比自己個頭更大的魔物，貫穿力道非常強。
「卡麗娜大人，最後一擊！」
「我上了！」
一招劃破氣流，搭著離心力的大旋斬，砍向兵螳螂的脖子。
這招很像大劍系的必殺技「迴旋斬」，但是佐藤先生認為，卡麗娜小姐還沒有學好這招。
「——啊，糟糕喲。」
「喵。」
大劍發出轟天巨響，把地面給砸碎了。
「哇！」
「唉呀！」
卡麗娜大人砸碎地面，飛出大量碎片。
莉莉歐和我立刻展開「盾」擋住了碎片雨。
小砂石是擋不住，但是護手的「物理防禦附加」可以承受。
在一陣沙塵之中，伊歐娜小姐緩緩起身，從兵螳螂血淋淋的脖子上抽出大劍。

看來卡麗娜大人的攻擊沒有完全揮空，兵螳螂的脖子鮮血直流。

「潔娜小姐，用火杖——」

伊歐娜小姐開口，我搖搖頭，開始詠唱支援魔法來準備下一仗。

「我就知道會這樣。」

莉莉歐繞到兵螳螂後面，爬上兵螳螂的背，用短劍刺進伊歐娜小姐那招昇牙所打穿的傷口裡，一劍橫向劈開。

兵螳螂想回頭，但是沒了力氣，整隻倒下來。

莉莉歐這招是短劍的必殺技——「獵頭」。

這些招式，都是佐藤先生在休息時間傳授的。

看來佐藤先生不僅身手輕巧，還有超乎想像的知識和技術。

「喵？」

「聲音不一樣喲。」

小玉跟波奇要把兵螳螂的屍體搬離戰鬥區域，突然疑惑開口。

「——這下不太妙啦。」

這趟迷宮之行，佐藤先生第一次口氣沉重。

他嚴肅地看著莉莉歐跑過去的方向。

◆

空洞的入口出現一隻戰螳螂。

這魔物比兵螳螂還大一號，前腳不僅有劍還有盾。

兵螳螂只會攻擊，戰螳螂連防禦都很強，是個強敵。

「怎麼，不就是普通的戰螳螂嗎——」

「現在的我們肯定能打贏吧？」

「對啊，要說戰螳螂是沒錯。」

佐藤先生看著在空洞入口停下腳步的戰螳螂，這麼說了。

戰螳螂背對我們，注意四周。

我的索敵魔法，沒有發現什麼能夠威脅戰螳螂的魔物。

「湧穴～？」

「有其他魔物要來了喲。」

小玉跟波奇指向通道那頭。

通常標示碑會發紅光指示魔物出現，我以為紅光代表戰螳螂，所以發現晚了。

「呃，那是！」

魯鄔大喊。

湧穴裡面冒出來的也是隻螳螂。

但不是兵螳螂或戰螳螂。

而是比兩者大好幾倍，有六隻前腳分別長著長劍與斧頭的螳螂——劍斧螳螂。

「——啊……」

我差點慘叫，連忙摀住嘴忍下來。

下一秒，劍斧螳螂向疾風一般撲上獵物。

不是我們。

而是擋在劍斧螳螂面前的戰螳螂。

戰螳螂的盾臂足以抵擋伊歐娜小姐的大劍必殺技，但劍斧螳螂的斧臂狠狠一揮，盾臂就被砍碎了。

戰螳螂使用劍臂反擊，但是砍到劍斧螳螂的外殼只發出鏗鏗響，等級明顯差太多。

我絕望到雙手發抖，但佐藤先生親切地握住我的手。

這手相當細緻，但結實又有男人味。

「潔娜小姐妳們要應付這個，還太早了點。」

佐藤先生輕鬆地說了一句，就往劍斧螳螂上前一步。

莉薩自然地跟在旁邊，小玉跟波奇也理所當然地跟上。

身影是那麼可靠，但我覺得被冷落，好孤單。

我想跟上，跟去那個我還到不了的境界。

「啊！那個傷痕——那是當時的劍斧螳螂啦！」

莉莉歐指著劍斧螳螂說。

——當時的？

「真的？」

「對，那是騎士韓斯打的傷，不會錯。」

——對了！當時的！

我想起選拔隊進入迷宮的事情。

眼前滿是鮮血與絕望……當時我以為自己死定了。

那隻劍斧螳螂，應該就是讓我身受重傷的魔物。

「但是，現在應該——」

我低著的頭，突然抬了起來。

只看到佐藤先生突然停下腳步，溫柔地看著我。

「要打打看嗎？」

「是！」我馬上回答佐藤先生的問題，想起我並不孤單，看看莉莉歐她們。

「潔娜，我們上！」

「之前被牠一招打趴，這次牠別想！」

「這是替潔娜小姐報一箭之仇的好機會。」

大家都對著我點頭。

「佐藤先生，我要打。」

我回答，佐藤先生和藹地點頭。

「我當然也要打！」

剛才被護衛攔住的卡麗娜大人，衝到我跟佐藤先生之間大喊。

「真沒辦法啊。」佐藤先生對卡麗娜大人這麼說，看得我心有點酸。

但是打到現在沒有受過傷的卡麗娜大人願意參戰，實在很可靠。

「那麼就由各位來應付牠，不過在這之前——」

佐藤先生確認了劍斧螳螂的狀態，把我們集合起來。

劍斧螳螂不把我們放在眼裡，咯哩咯哩地吃起自己打死的戰螳螂屍體。

「我要稍微耍個詐。」

「耍詐嗎？」

「對，請換這些武器吧。」

佐藤先生說了，從魔法背包裡拿出武器交給我們，有閃亮的紅劍，以及看來很凶險的大劍等等。

我本來就有勇者隨從庫羅大人借給我的短劍與長杖，就婉拒佐藤先生的好意。

「這難道是魔劍？」

「對，這不能送給各位，就當是出借吧。」

看來大劍也是魔劍，而那把紅劍想必是真正的魔劍，整個聖留伯爵領裡面應該不超過十把。

「只要對這把紅劍灌注魔力，劍身就會發火，適合牽制對手行動。大劍則是注重鋒利的魔劍，沒有什麼特色，不過魔力消耗量很大，請不要灌注太多魔力。莉莉歐小姐請用這把火杖槍，用法就跟十字弓沒兩樣。」

大家都拿起了武器。

佐藤先生教我們怎麼對武器灌注魔力。

「魯鄔小姐，還有一點，就是這裡——」

佐藤先生把手搭在魯鄔的雙肩上動了點小手腳，魯鄔的盔甲突然脹大一號。

「這副盔甲的材料來自於魔物鎧蠑螈，只要像這樣填充魔力，防禦力就會提升。另外對盾牌同樣灌注魔力的話——」

「好強啊，盾牌發紅光了……這也是魔法裝備嗎？」

魯鄔很吃驚，佐藤先生點頭。

我對魯鄔她們施加戰鬥用的支援魔法。

「警告～？」

「貪吃螳螂往這邊看了喲。」

小玉跟波奇報告過來。

沒關係，只剩這最後一道支援魔法了。

「……■　風鎧。」

一道綠色光芒包住魯鄔，表示防禦支援魔法已經發動。

我喝光了魔力回復藥，搭配冥想技能，努力恢復剛才用掉的三成魔力。

「劍臂和斧臂的危險性不在話下，但是小的鐮刀臂一旦抓到人，螳螂就會使出有麻痺毒性的啃咬攻擊。除了魯鄔小姐之外，打鬥中請不要停下腳步。」

佐藤先生冷靜地說明注意事項，我就記在心中。

我總有一天也要學會這些魔物知識，幫上同伴的忙。

「——啥？」

莉莉歐驚呼一聲，冥想中的我張開眼睛，發現我們身上發出白光。

「這是術理魔法的防禦附加，來源是卷軸，效果不如正規魔法使的法術，但是總比沒有要好。」

佐藤先生手拿卷軸，說得一派輕鬆。

魔法卷軸應該是用過就丟的魔法道具，而且比魔法藥還昂貴呢。

佐藤先生的大恩大德，真是還不清了。

「主人，來了。」

一聽到莉薩的警告，魯鄔就衝了出去。

「混蛋螳螂，這邊啦！」

帶著挑釁技能的怒吼，讓劍斧螳螂的敵意轉到魯鄔身上。

「請詠唱氣鎚。」佐藤先生這麼提點我。

「先下手為強啊！」

卡麗娜大人揮舞大劍，拖著一道紅光砍向劍斧螳螂的前腳。

——啊。

卡麗娜大人被地上的顛簸給絆到了。

「小、事一樁啊！」

卡麗娜大人差點跌倒，但硬是拉回重心，大劍一揮砍向劍斧螳螂。

那是貨真價實的大劍系必殺技「迴旋斬」。

大劍一招就砍斷了劍斧螳螂的前腳，而且用力過猛，大劍狠狠插在地上。

「卡麗娜，讚喔～」

「這個拉竿拉得好喲！」

小玉跟波奇拿著一種叫做扇子的東西，慶祝卡麗娜大人的戰果。

卡麗娜大人用力太猛，大劍還插在地上，整個人就滾倒了。

真是個豪邁的人哪。正常來說要擔心會受傷，但卡麗娜大人有拉卡護身，應該沒事。

「那麼大一招還擋不住喔？」

劍斧螳螂捲起沙塵衝過來，魯鄔焦急大喊。

看來就算八隻腳少了一隻，還是無礙於行走。

不過沒關係——

「潔娜小姐，趁現在！」

佐藤先生一聲令下，我把「氣鎚」保留的最後發動咒語喊了出來，打向劍斧螳螂。
看來傷害並不是很大，但是可以降低劍斧螳螂的動能。
「唔哇啊啊啊！」
魯鄔發現劍斧螳螂的目光轉向我們，再次使用挑釁技能怒吼，拿大盾撞向劍斧螳螂的身軀。
——KWWWAAAMUWA。
劍斧螳螂揮下斧臂，魯鄔抬高大盾擋住。
但劍斧螳螂又有隻前腳，砍向魯鄔毫無防備的身軀。
「危險！」
伊歐娜小姐揮出大劍，擋下這隻前腳。
這不像卡麗娜小姐的迴旋斬可以一刀兩斷，但是大劍刺進前腳一半深，砍碎了關節。
——KWWWAAAMUWA。
劍斧螳螂的劍臂發出紅光，從側面砍向伊歐娜小姐和魯鄔。
同時劍斧螳螂用斧臂猛捶，魯鄔的大盾動彈不得。
「吃我一招！」
卡麗娜小姐助跑之後使出飛踢，狠踢劍斧螳螂的後腦勺，結果螳螂左右的劍臂沒砍中，插在魯鄔前方的地面上。

「卡麗娜～這哪招～？」

「邊飛踢邊喊招式是『一定要』的喲！」

卡麗娜小姐一落地，小玉跟波奇就提供……建議？

卡麗娜大人吃了一驚，開始嘀咕著「華麗大飛踢……不對，這應該叫做黃金龍捲——」

之類的話。

「卡麗娜大人，危險！」

「——潔娜？」

卡麗娜大人看著我發愣，結果劍斧螳螂的後腳把她踢倒在地上。

「新人妹，卡麗娜大人出的糗，我們來補！」

「是，艾莉娜姊！」

卡麗娜小姐兩名護衛的短槍，刺向劍斧螳螂的中腳。

「……■■■　風縛。」

我使出妨礙魔法減緩劍斧螳螂的動作。

這下牠應該暫時站不起來。

「魯鄔，左右劍臂的關節！」

「喔！」

伊歐娜小姐用大劍砍碎左劍臂的關節，魯鄔的紅劍冒出火焰，打傷右劍臂的關節。

魯鄔還要用盾抵擋斧臂的敲打，所以沒辦法使出全力。

「——趁現在！」

莉莉歐用火杖槍射擊受傷的關節。

火杖槍射出的火彈打中關節，捲入「風縛」所產生的亂流，燒焦了劍斧螳螂的表皮。

——GWWAABABBUWWA。

劍斧螳螂第一次發出痛苦的咆哮。

「伊歐娜！莉莉歐！我會助陣，妳們趁現在盡量追打！兩位護衛也幫忙啊！」

魯鄔一聲令下，大家立刻答應，發動猛烈攻擊。

我本來打算用「氣鎚」和「重旋鎚」餐與攻擊，結果還是選擇用「風鎧」和「風縛」支援魯鄔。

雙方打得你來我往，然後——

「糟糕，飛起來啦！」

敵方一飛上天，我方攻擊手段就少很多。

得想辦法把牠打到地上才行。

「……■　亂流。」

我用風魔法製造亂流，妨礙劍斧螳螂飛翔。

莉莉歐用火杖槍射出火彈，隨著強風燒灼劍斧螳螂的翅膀。

但劍斧螳螂還是繼續飛行。

——既然如此。

「……■■■　■■■　落氣鎚。」

我接著施放往下砸的大氣鎚，把劍斧螳螂打到地面上。

我方還沒撲上去，劍斧螳螂就再次展翅，打算飛上天。

可是——

「卡麗娜，飛踢～～！」

卡麗娜小姐發出藍光與金光，使出一招飛踢阻止劍斧螳螂逃走。

我開始詠唱下一段咒語。

「新人妹，上啊！」

「是，艾莉娜姊——雙突刺！」

跟在卡麗娜大人後方上陣的兩名護衛，使出短槍系必殺技。

——KWWWAAAAMUWA。

劍斧螳螂口中冒出深綠色的煙霧。

「毒攻擊！快退！」

「給我乖一點！」

莉莉歐用火杖槍打中頭部，深綠色煙霧立刻點燃。

——GWWAABABBUWWA。

「喔啦啊啊啊！盾攻擊！」

魯鄔衝上前，盾牌撞上劍斧螳螂的長脖子，把巨大的螳螂給撞翻。

伊歐娜小姐用大劍系必殺技「昇牙」刺進了劍斧螳螂的下巴。

只要大劍刺穿，劍斧螳螂就沒命了。

但是劍斧螳螂用細小的鐮臂壓住伊歐娜小姐的肩膀，阻止她造成更多傷害。

「潔娜小姐——」

佐藤先生開口，我點頭。

佐藤先生看了就吹笛，要所有人後退。

這支笛的音色高低相當奇妙，大家連忙往後退。

伊歐娜小姐被鐮臂抓住，小玉跟波奇踢開鐮臂救她出來。

——這樣就行了，我要全力出擊。

我凝聚了所有的魔力，灌注到魔法輔具長杖之中。

「……■　重旋鎚。」

這是我從佐藤先聲魔法書裡學會的中級風魔法。

四周響起嚇人的狂風聲。

風捲起沙塵，形成強大的旋風。

一道龍捲風鎚打重劍斧螳螂長長的身軀，輕易打穿劍斧螳螂紅黑色的魔力屏障，在螳螂後門大開的狀況下打碎了毫無防備的軀幹。

這招消耗的魔力是氣鎚的三倍，但是威力大很多。

「潔娜小姐！還沒完全解決掉啊！」

我聽見佐藤先生的喊聲。

「■■■　■■■■■■■　下降爆流。」

下降爆流跟重旋鎚一樣，我才剛學會，但終於把苟延殘喘的劍斧螳螂打到體無完膚。

◆

「潔娜大人，實在了得。」

「恭喜～？」

「超棒的喲！」

莉薩她們慶祝我的勝利。

我也誇獎同伴們，並向幫忙的莉薩她們道謝。

這幾天都在靠佐藤先生幫忙，但這樣訓練下來，我們應該是更能打了。

突然發現沒聽見佐藤先生的聲音，我東張西望，發現佐藤先生嚴肅地看著連接大空洞的牆壁。

「請各位喝了魔法藥，到牆邊來避難。」

我們照佐藤先生的吩咐行動。

剛才跟劍斧螳螂交戰，我中斷索敵魔法，現在又詠唱起來。

小玉、波奇、莉莉歐三人貼在地上聽取遠方動靜。

「來了～」

「要來了喲。」

小玉跟波奇才說完，就聽到有人慘叫，還有樹木折倒的聲音。

我的索敵魔法也有了反應。

猿人、鼠人、鼬人從牆上的洞穴裡衝了出來。

同時洞穴旁邊的牆面炸開，飛沙走石。

「哇啊！」

莉莉歐跟我施展護手上的「盾」保護大家。

盾被幾塊碎石打中就碎掉，但魯鄔立刻接手用大盾保護我們。

牆上又出現新的破洞，洞中射出一支數把長槍那麼粗的巨箭，刺在天花板上。

「那，那該不會……」

「對，看來他們用從魔引怪失敗，把獵人螳螂給帶來了。」

——獵人螳螂？

我腦中想起那個魔物，從濃霧中射出巨箭。

……不行了。

不可能贏。

那不是三五個人可以打贏的對手。

要建立陣地，備齊武裝，率領大軍才能打得贏。

就算是佐藤先生他們，毫無準備，人數又不多，也不可能打贏那種怪物。

可是——

「請大家待在這裡吧。」

佐藤先聲笑著這麼說，就往洞穴走去。

那群失手引來獵人螳螂的獸人，躲藏在大空洞裡面的岩石後方，佐藤先生只是看了他們一眼，完全沒有責備的意思。

「隨行～？」

「當然的喲。」

「對，我們來替主人開路。」

莉薩她們就像剛才碰到劍斧螳螂的時候一樣，跟著佐藤先生前進。

她們跟佐藤先生一樣，毫不畏懼。

「我、我也去！」

「不、不行啊！」

「就是說啊！卡麗娜大人，千萬要自重啊！」

卡麗娜大人也想跟去，但是被兩名護衛全力攔下。

獵人螳螂從牆上的大破洞裡冒了出來，劍斧螳螂相較之下有如小孩。

——恐怖。

我光看到那模樣就手腳發冷，臉色蒼白。

——HWUNTZWEERRR。

獵人螳螂放聲咆哮，就像在嘲諷我們一樣。

也像是宣告死刑的喪鐘。

碰上絕對的死亡使者，弱者只能顫抖。

——不行。

害怕怎麼還能打？

我握緊發抖的雙手，深深吸入一口氣。

怕到瞇住雙眼稍微睜開來。

用力拍了自己的臉皮打氣。

——沒關係。

手還有點抖，不過可以施展支援魔法。

「……■　風鎧。」

「謝謝潔娜小姐。」

我對佐藤先生他們送上風的守護。

「好啦，都有人放支援魔法了，快快解決吧。」

佐藤先生抽出漂亮的長劍，輕鬆地對莉薩她們說了，就往前衝去。

佐藤先生跳上大破洞附近的巨石，輕盈地逼近獵人螳螂面前。

獵人螳螂巨大的弓臂往旁邊移開，內側有隻像短刀的細前腳，就要砍向佐藤先生。

「在空中還加速？」

佐藤先生在空中加速，鑽過獵人螳螂腦袋下方。

「脖子一刀～？」

小玉如影隨形地跟著佐藤先生，繞到螳螂腦袋另外一邊的下方。

小玉掠過之後，獵人螳螂的頸子噴出鮮血。

「阿基里斯獵人，波奇來也喲！」

獵人螳螂有六隻後腳著地，腳踝全都被波奇砍斷。

「魔槍龍退——」

莉薩正面衝上去，魔槍把螳螂身上最堅硬的胸部外殼給輕鬆打穿。

「——算了，這種程度的對手還用不上。」

原本發出紅光的莉薩，讓紅光慢慢退去。

長槍一抽，莉薩走向通往大空洞的洞穴通道，獵人螳螂的腦袋就掉在她身後。

那麼強大的魔物，竟然瞬間就被收拾了。

這超乎想像的光景，讓我思考停滯。

「——發現我們了嗎？」

我還在發愣，卻聽到佐藤先生嘀咕一句。

左右看看，發現佐藤先生他們根本不看倒地的螳螂，而是看別的地方。

牆上的洞穴通道——那一頭就是大空洞。

「眷屬～？」

「那應該是『區域之主』喲。」

小玉、波奇跟著佐藤先生往大空洞那邊看，說了這麼恐怖的話。

記得「區域之主」應該是足以匹敵中級魔族的強大魔物才對。

我不知道佐藤先生他們到底有多強，但是現在人員沒到齊，裝備又不完整，當下應該打不贏「區域之主」才對。

我又怕又累，雙腿發抖，還是努力站起來，想建議大家逃去安全地帶。

「我們來解決掉好嗎？」

——耶？

「啊，不必了，輪不到我們出手。」

佐藤先生才說完，就有一道鮮紅烈火燒遍整個大空洞。

——高熱的強風要來了！

我詠唱起「氣牆」魔法，衝到佐藤先生身邊。

眼前那東西捲起金色狂風，將烈火收進自己懷中。

是一隻飛天的金色巨鳥。

——那是什麼？

「迦樓羅～？」

「那是蜜雅的精靈喲！」

小玉跟波奇指著那隻金色生物。

烈火之中，只見一隻全身焦黑的螳螂，搖搖晃晃。

距離這麼遠看不太清楚，但是這又比剛才的獵人螳螂大上許多。

「玉屋呀～」

「鍵屋呀～的喲。」（註：日本江戶時代兩大煙火鋪的名字，因此日本人看到煙火時習慣喊這兩聲）

閃亮的金光接連打碎巨大的螳螂，最後金色生物一招砍掉了螳螂的腦袋。

……匹敵中級魔族的強大魔物被秒殺？

「佐藤先生，剛才那是……」

「是亞里沙她們啦，她們有說過最後一天要來玩，送東西探班的。」

我發問，佐藤先生答得稀鬆平常。

呃，我不是說那個……

但是我閉上嘴，不再追問。

我與佐藤先生他們的實力天差地別，讓我感到自卑，連忙拍打臉皮打走這不成熟的想法。

我還有其他該說的話。

「謝謝佐藤先生。」

我現在連佐藤先生的腳跟都摸不著，但是總有一天要變強，強到足以報恩。

造成混亂的獸人們被魯鄔她們抓住，交給來探班的亞里沙妹她們，帶回探索家公會去。

於是經過小小的——不對，有點令人難忘的大混亂，我們完成了獵場開拓與戰鬥特訓，而且全體健在。

這天傍晚，我們從迷宮回到宿舍，一躺上床就感覺到身心的極度疲憊，結果一路睡到隔天日落。

麻糬派對

「我是佐藤。社會變得愈來愈方便，所以除了鄉鎮節慶、學校活動之外，好像就沒見過杵和臼了。手工做的東西是很麻煩，但是多費工夫，才顯得更好吃啊。」

「亞里沙的臉皮簡直像麻糬一樣軟彈啊。」

這麼薄的臉皮，為什麼能這樣伸縮自如呢？

「好鬨，偶有礙喊醒啊（好痛，我有在反省啦）——」

潔娜小姐她們去迷宮拓荒兼升級，最後一天抵達的亞里沙卻在密閉空間裡面，施放了效果範圍超大的戰術級上級火系攻擊魔法「火焰地獄」，所以我正在修理她。

幸好蜜雅腦筋動得快，召喚擬態風精靈迦樓羅，阻止熱風擴散。要是沒有處理好，熱風可能會波及所有人，讓大家嚴重燙傷。

「麻糬是什麼喲？」

「可以拉～？」

波奇跟小玉好耳力，聽到麻糬一詞就湊過來。

「這個所謂的麻糬呢——」

我向兩人說明何謂麻糬，露露趁機好聲好氣地來打圓場。

「那個，主人哪，亞里沙的處罰也差不多該……」

低頭一看，亞里沙淚汪汪地仰望我。

——抱歉，我忘了。

要在迷宮裡搗麻糬可不行，所以決定回到地面上再搗。

話說糯米必須先泡水一個晚上，所以我們趁潔娜小姐他們補眠的時候，快快做好準備。

麻糬餡用的紅豆和黑豆，跟糯米一樣泡水一個晚上。我們做了豆粒餡，豆沙餡，還準備做豆大福麻糬，所以餡料量很多。

話說明明有催熟的魔法，卻沒有魔法可以省略糯米跟豆子泡水一晚的過程，真是魔法使們的怠慢。

我想這應該算水系魔法，在準備期間多試幾次看看吧。

蜜雅討厭背書，應該不肯幫我學這招魔法，但只要告訴她這可以做出好吃的麻糬，她一定會努力去記。

在準備餡料、研究魔法的同時，我使用「萬能工具」魔法做出幾組杵臼。

我怕弄出聲音吵醒了潔娜小姐她們，所以用「歸還移轉」回到迷宮別墅才動手。

時間還多得很，所以我想到什麼材料就準備起來。

對了，趁現在準備一些不同顏色的料如何？

除了常見的和菓子麻糬之外，也可以來點乳酪餡和草莓餡吧。

畢竟不知道哪種餡才受歡迎啊。

◆

「那，我們就開始吧——」

從迷宮回來的隔天早上，我們就在大宅中庭舉辦了搗麻糬大會。

我也想邀請潔娜小姐她們，但是她們累得半死，所以決定等她們睡醒，再送上剛搗好的麻糬。

卡麗娜小姐也是睡炸，但是被小玉跟波奇拉來吃早餐，所以就參加了搗麻糬大會。

「捶啊～」

「捶喲！」

我一開始搗麻糬，小玉跟波奇也想玩，所以現在是她們兩個在揮杵。

娜娜負責在臼旁邊翻攪麻糬。

「我也要！我也要翻翻看！」

「好啊，妳先套上這個再交換。」

亞里沙跟蜜雅也很有興趣，我就給她們一雙薄手套。

「嗯？為何要手套？」

「要是被波奇或小玉的杵打中，妳的手掌會斷喔！這雙手套跟露露在迷宮裡用的裝備一樣，受到強烈衝擊就會變硬，可以吸收手掌受到的衝擊啦。」

波奇跟小玉都有配戴抑制威力的魔法道具，但是用力敲下來的杵依然很帶勁。

我可以使用物理防禦附加魔法，但是不知道波奇跟小玉的杵會打中幾次，所以改用沒有次數限制的手套。

就算受了重傷，我也可以用治療魔法或魔法藥瞬間療傷，但是沒有人喜歡痛，我也不想吃染血的粉紅麻糬啊。

「好，那就上啦，妳們要手下留情喔。」

「遵命～」

「交給我喲！波奇是手下留情的專家喲！」

「上。」

我看著亞里沙跟蜜雅心驚膽跳地翻麻糬，然後跟露露一起捏麻糬。先推開麻糬皮，再包進先前準備好的餡。

莉薩、娜娜、卡麗娜小姐等人，在波奇她們旁邊用預備的臼杵來搗麻糬。

卡麗娜小姐剛開始想揮杵，但是杵一直都打不進臼裡，所以現在負責翻攪麻糬。

她有拉卡護身不怕受傷，是絕佳人選。

大宅裡的小女僕們，還有卡麗娜小姐的隨從們，都來幫忙捏麻糬。

「好燙！露露大人跟老爺怎麼都不怕呢？」

燙是燙，不過怎麼比得上用火爐鎔鑄金屬呢？沒什麼大不了的。

「呵呵，只要手泡過冷水再捏就好啦。」

「嗚嗚，手黏黏的。」

「只要沾上這些粉，手就不會黏了喔。」

露露幫忙指導小女僕們，我看著這溫馨的光景繼續捏。

如果真的很怕熱，請亞里沙施展一道耐熱系的火魔法就好了，沒事。

「波奇——！」

「小玉～」

傳來一聲慘叫，回頭一看發現波奇想使用什麼怪動作來搗麻糬，結果搞砸了。杵上的麻糬纏到波奇身上，結果弄得渾身是糬。

波奇驚慌到連「喲」都忘了說。

「燙燙燙！麻、麻麻麻糬啊！」

「亞里沙。」

旁邊的亞里沙呢，則是弄得麻糬蓋頂，驚慌失措。

她應該是慌得連耐熱魔法都忘記用了。

「哎喲喂呀，我的天哪。」我還沒出手，露露就像個好媽媽一樣替我善後了。

輕微燙傷用魔法藥治療，髒汙就用露露的生活魔法弄乾淨。烹調過程中胡搞的波奇，還有慫恿波奇的亞里沙，都跪坐在地接受莉薩教訓。

「呼，真是吃苦頭了。」

「對不起的喲。」

「我也有錯，就不用這樣道歉了啦。不要垂頭喪氣的，我們來吃麻糬吧。」

波奇搞砸之後垂頭喪氣，亞里沙鼓勵她。

一旁的我將大量麻糬擺成原味、甜味、正餐、彩色等四大類。

「會不會做太多了？」

「沒關係吧？分給育幼院跟探索家學校的小朋友們就好啦。還有，對了，感謝地底下的人送我這個胸針啊。」

「沒錯。」

亞里沙看著胸前的「魂殼花環」對我這麼說。

這是隱居迷宮下層的「骸王」骸所送的祕寶，可以保護「魂器」，避免轉生者過度使用獨特技能而魔王化。

骸他們是迷宮下層的歡樂團，也是前世當過日本人的同鄉，吃了麻糬應該會很懷舊吧。

「我們還是趁熱吃吧！剛搗好的麻糬可沒那麼容易吃得到喔！」

亞里沙大聲宣布，麻糬派對正式開始。

「好吃，剛搗好的麻糬真好吃！」

「拉長長～？」

「麻、麻糬先生好棘手，會黏在嘴邊喲。」

小玉拚命把手伸長，波奇想拿掉黏在嘴邊的麻糬，不斷抬頭嗯嗯啊啊地掙扎。

「吃起來不太方便，但是真好吃啊！」

「好吃。」

幼年組和卡麗娜小姐都很享受原味的新鮮麻糬。

「對了！有麻糬，就該烤啊！」
「莉薩已經去拿器材來啦。」
亞里沙手拿麻糬大聲疾呼，我要她冷靜點。
「主人，沒有小雞麻糬，我這麼報告道。」
「小雞麻糬是沒有，但是這些麻糬的餡料很可愛喔。」
我要娜娜試試露露剛做好的包餡麻糬。
娜娜盯著麻糬看了看，然後咬下一口。
「裡面的黃色星星可愛又好吃，我這麼報告道。」
娜娜似乎很喜歡，雙手一個接一個拿來吃。
幼年組看了娜娜這樣也很有興趣，伸手去拿包餡麻糬。
「這個是豆沙餡喲！」
「豆粉餡也好吃～？」
「嗯，蜂蜜麻糬，好吃。」
「哎喲，烤網還沒到就要吃飽了──蜂蜜麻糬？」
亞里沙吃著麻糬，一聽到關鍵字就瞪大雙眼。
蜂蜜麻糬呢，就是咬下去便爆出香濃蜂蜜，咬著咬著蜂蜜就與麻糬混合，意外地搭。但是有點太甜，我覺得吃一顆就夠了。

「這個有包燉肉塊喲！」

「這個，照燒雞～？」

「嗯，卡士達。」

「乳酪餡也很好吃喔！」

大致上都很受歡迎。

哎呀？亞里沙怎麼跪倒在地，呈現ｏｒｚ的狀態呢？

「怎麼啦？吃到火燒心啊？」

「日、日本的美食文化，被魔改造了——」

——太誇張了吧。

美食文化本來就會演變啊。

「來了，這個適合保守的亞里沙喔。」

莉薩帶來像是火盆的魔法道具，還有一張鐵網。

亞里沙瞬間復活，把麻糬放在鐵網上烤起來。

「怎麼不會膨脹啊？」

「剛搗好的不會膨脹啊。」

新鮮麻糬不像麻糬片那樣烤了就膨脹，所以我用魔法弄乾麻糬表面，或者切幾道缺口，嘗試各種方法。

「麻糬也有生命喲！」

「真神奇啊。」

「脹起來～？」

「史萊姆？」

幼年組跟卡麗娜小姐緊盯著鐵網上膨脹起來的麻糬，嗯，不枉我這麼費工。

莉薩看來冷靜，但雙眼緊盯著麻糬不放。

應該差不多了吧？

我拿了一碟砂糖醬油交給亞里沙。

「呼～麻糬就是要這樣吃啦！」

可惜傳統的砂糖醬油烤麻糬，還有包海苔的磯邊燒，只有我跟亞里沙兩個喜歡，其他人還是喜歡稀奇古怪的包餡麻糬。

「淋乳酪～裡面包肉醬～？」

「這個麻糬裡面躲著漢堡排老師喲！」

「焦糖口味。」

我吃著豆粉麻糬，看著可愛的同伴們歡天喜地。

「這個照燒美乃滋口味真是好，嚼一嚼，麻糬就混上了照燒醬的味道，感覺像是吃著不同口感的肉——」

莉薩說起長篇大論的美食感言，波奇跟小玉認真地邊聽邊點頭，真有趣。

——對了。

下次做點黃色小雞麻糬給娜娜，順便挑戰草糬跟豆打糬好了。

春天吃點櫻糬跟柏糬應該不錯喔。

「麻糬紅豆湯好了。」

露露從廚房抱了一鍋麻糬紅豆湯出來。

後面跟著大宅裡的女僕隊，捧著碗和湯匙。

「唉呀，甜甜辣辣的麻糬搭麻糬紅豆湯，這連段太危險了！要是有杯苦苦的茶，就能無限連段了！幸福到嚇死人哪！」

「麻糬可怕～？」

「麻糬紅豆湯也可怕喲！」

我看幼年組好像在學漫畫還是說相聲，吃得津津有味，然後換我搗些麻糬給露露和女僕隊吃。

米提露娜小姐喝紅豆湯喝得很客氣，我要她多吃點；又看到小女僕們在露露勸說之下吃了甜麻糬，結果目瞪口呆，真是歡樂時光啊。

「呼～太好吃啦～」

亞里沙變得像麻糬一樣圓滾滾，發表感言。

「過年的時候不只要吃麻糬，應該也要吃點年菜啊～」

「年菜的食譜我真的不懂了。」

我應該可以做出外觀相似的東西，但是從來沒做過真正的年菜，所以無法重現口味。

倒是媽媽和奶奶在做年菜的時候，我可是專業試吃呢。

「主人，我勇敢地報告道，要出發了。」

「跑腿～？」

「波奇今天是幸福快遞員喲。」

派對結束後，娜娜等人抱著麻糬盒去育幼院慰問，現在應該渾身都是麻糬跟幼生體吧。

米提露娜小姐率隊送麻糬去探索家學校。

我抱了一盒去潔娜小姐的宿舍分送。

好巧不巧，迷宮都市的的朋友們得知麻糬派對，我也送了大家一點麻糬。

小女僕們跟育幼院的老師們知道糯米在迷宮都市的行情，當場嚇得臉色鐵青差點暈倒，真是一絕啊──

我在公都採購的價格很便宜，所以忽略掉了。

再次造訪迷宮下層

「我是佐藤。震撼的真相並不只出現在電視新聞或雜誌報導等大眾傳播媒體上，有時候也會不經意從日常會話中透露出來。」

「班啊，說好的禮物送來了。」

麻糬派對當天深夜，我一個人來到迷宮下層的常夜城。

明天就要前往王都，趁還沒忘記的時候，把說好的禮物跟潔娜小姐的信送來。

我在班他們的大區域附近設置了刻印板，只要使用空間魔法「歸還轉移」就能瞬間造訪。

我也想帶其他小朋友來玩，但是同伴們沒有瘴氣耐性，不想給她們負面影響，所以在我研發出防瘴面具或防瘴氣的魔法道具之前，就先不帶人來了。

淨化瘴氣的系統明明就有很多種魔法，但是我手邊的魔法書怎麼都沒有記載可以承受瘴氣的魔法呢？

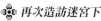

「庫羅啊，真是比想像中還快了。」

「我受託帶封信來。」

來迎接我的常夜城城主是個轉生者，名為吸血鬼真祖班，我將潔娜小姐的信交給他。

「信？——哦，原來是先前那位女孩，真是講禮數啊。」

真祖拆開信紙看了看，這麼說道。

「想不到你不只前來迷宮下層救人，還特地替她當郵差，她可是庫羅的情人？」

「不是，潔娜小姐是我的好友，並非情人。」

我的情人只有雅潔小姐一個。

「這樣啊，我還以為妃子們有好話題可聊，真可惜了。」

真祖說了，將信收好放進道具箱裡。

「還有，這瓶酒是她送的禮。」

我將潔娜小姐託給我的葡萄酒「列瑟烏熱血」交給班。

「這真是動人好禮啊。」

真祖笑盈盈的。

看來他真的很喜歡這支酒。

「『列瑟烏熱血』就只有這支？」

「她只送了一支，我還訂了五桶左右，等等就送到你的地下酒窖去。」

我東奔西跑，好不容易向商業公會弄到一支，然而王都一帶和旁邊的傑茲伯爵領都沒有進貨，只好跑一趟列瑟烏伯爵領的酒莊去採購。

我聽說列瑟烏伯爵領真是生靈塗炭，領都化為廢墟，魔物囂張跋扈，周遭的村莊也大多成了廢村。

酒莊坐落的村子附近也有魔物的巢穴，村民還討論著是否要棄村逃走。

我希望這座村子往後能穩定生產「列瑟烏熱血」，所以用庫羅的外貌消滅了那個魔物巢穴，還用土魔法在村莊和葡萄園周圍建立起又高又厚的土牆，更配置了六隻等級三十的魔巨人，好抵禦外敵進犯。

普通魔物或下級魔族，應該都能輕鬆打退吧。

「要運酒，就交給我的妃子們吧。」

常夜城的侍女長指示一個空間，我從道具箱裡拿出酒桶擺好。

「要順便拿出其他禮物來嗎？」

「不要緊。」

在我詢問真祖的時候，侍女們已經在長桌上鋪了防水布，我將送給吸血妃們和侍女們的禮物擺在桌上。

「班大人，請用這祕銀打一把『日本刀』吧。」

「嗯，好一錠鑄塊，想必能打出好刀來。」

我把祕銀鑄塊交給吸血妃，聽說吸血妃希望真祖能拿去加工，我就暫時不拿其他禮物出來。

「對了，班是會鑄刀劍的啊？」

「對，大概花了三百年，才打出像樣的刀劍來——為何庫羅知道我會打刀劍呢？」

「我想起之前在迷宮寶箱裡發現的刀劍，作者名稱叫做班。」

那把刀已經交給小玉，目前不在手邊。

「能不能打給我這晚輩瞧瞧，讓我學幾招？」

我也打過日本刀，但是打的成果不太好。

看起來挺像日本刀，但是很容易斷，攻擊力遠不如我手上的魔劍和妖精劍。

輕小說跟漫畫常說日本刀是「打不斷，撞不彎，刀鋒利」，但我的作品可差多了。

「可以，但是要準備鍛打房，不能馬上動手。」

「我當然會等。話說這祕銀鑄塊是純祕銀，沒有加什麼祕藥，可有問題？」

「不怕，我使用特殊的鍛刀法，稱為血流魔法，純鑄塊反而好用。」

那就好。

運氣好有機會學習怎麼打日本刀，我有點開心，又繼續拿出禮物來。

「這送給各位侍女。」

我弄到了侍女們喜歡的縫紉器具，以及王都出版的娛樂書，分發給侍女們。

「可以收下嗎？」

「當然可以。」

「我要這本書。」

「我要這對珊瑚耳環！」

「妳們幾個！在班大人和貴客跟前不得無禮！等等再選！」

「「「是，費德樂卡小姐！」」」

年輕侍女們爭搶禮物，真祖看重的年長侍女長開口責罵。

聽說真祖多次勸侍女長成為吸血鬼，但侍女長堅持要繼續當人類。

看著侍女們來來往往，接著城裡走出一個清純女孩，是唯佳。

唯佳雪白的額頭上長著兩隻小角，那是小鬼人族的特徵。她跟真祖一樣是轉生者，也是目前我見過具備最多獨特技能的人。

「庫羅先生，你好啊。」

「喲，唯佳。」

唯佳很適合這種大小姐在避暑地穿的洋裝。

「今天送來的禮物是麻糬和調味料——」

「麻糬啊！這裡很難弄到糯米，好久沒吃了呢。」

平時沉穩的她應該真的很開心，難得笑容滿面。

「另外還帶了壽司和生魚片等好菜來。」

「壽司啊，許久沒吃過了。迷宮大魚嗎？還是王都的櫻花鮭？」

「都錯，是鮪魚——」

「「鮪魚！」」

真祖跟唯佳都激動大喊。

唯佳的表情變成唯佳三號，應該是敗給食慾了。

唯佳靠著獨特技能，同時保有過去的人格，所以偶爾會交棒。

剛才沉穩的唯佳是唯佳一號，現在冒出來的是唯佳三號，也是第一代唯佳，還有個中二病名字叫做「漆黑美姬」佛露妮絲．拉．貝爾．菲優。

「真懷念哪。想起大概八百年前，我還去過南洋捕鮪魚呢。」

「當時幽靈船的麻煩骨骸來作亂，海怪也來作亂，結果只捕到鰹魚和鯊魚啊。」

唯佳三號說的「幽靈船的麻煩骨骸」我有印象。

應該是想復活「神之浮島」拉拉其埃的「骸骨王」吧。

「佛露妮絲的特殊技能也找不到鮪魚嗎？」

唯佳三號不喜歡人家喊她「唯佳」，所以我都用那個中二病名字喊她。

「獨特技能不是無所不能，海洋無邊無際，辦不到啊。」

這樣啊，看來我的地圖比唯佳的獨特技能還更破格了。

「既然有鮪魚，就不得不找骸跟鎧來。」

「要是不找他們，他們一定會鬧彆扭喔。」

真祖要吸血妃們找那兩人過來。

興奮的唯佳三號急著要吃麻糬跟壽司，我們先吃了些點心，然後想打刀的吸血妃把鍛打房準備好，我就去觀摩了。

「看來跟普通的鍛打工具差不多啊。」

「我想抗議『普通』這兩個字，但是工具確實差不多。頂多就是用了火石粉末和火晶珠，提高火焰溫度吧？」

真祖的鍛打工具旁邊有一碗火紅色的粉末，他捏了一把粉末，同時觀看火爐溫度。

他將一把粉末丟進火中，火焰立刻猛烈燃燒。

「差不多行了。」

真祖感覺爐溫不錯，吸血妃將祕銀鑄塊交給他，他以血流魔法將鑄塊塑形為三支刀身，用長夾夾起一支放進火爐中。

「到這裡都與普通鍛打相同。」

真祖說了，用尖銳的指甲劃傷手腕。

傷口流出的鮮血就像生物一般蠕動，流進燙紅的祕銀中，發出紅色的蒸汽。

等蒸氣退去，祕銀表面就浮現出神祕的花紋。

「這咒印能夠讓刀更強。」

真祖開始揮鎚。

跟普通鍛打一樣會打出火花來，但是真祖打刀除了火花還會冒出詭異的黑煙。

一開始是由吸血妃拿第二鎚幫打，半途換我來幫打。

加熱，咒印，鍛打，就是這樣重複的流程。

「傳統日本刀也有這樣折疊鍛打的工法，目的是去除金屬中的雜質，讓碳的分布更為平均。但是我的鍛打，是為了形成咒印的魔力迴路，又稱為咒刻迴路。」

我們揮鎚的期間，真祖說明工法的意義。

同時也告訴我這跟普通鍛打有何不同，非常受用。

「這片就是芯鐵。」

真祖將打到變黑的祕銀放在旁邊，開始加工另外兩支。

一支是特別堅硬的皮鐵，另一支是追求韌度與彈性的刃鐵。

以鋼來說是靠調整碳濃度來調整性質，但是真祖流的鍛打，則是靠咒印種類來調整金屬性質。

「最後將刃鐵、芯鐵和皮鐵包在一起，鍛打成型即可。」

現在我們用的不是鐵，但真祖也不怎麼講究，我就不追問了。

黑色祕銀塊慢慢變成我所熟悉的刀刃。

「延展到這個地步即可，接下來由我獨自加工，庫羅就在旁觀摩吧。」

真祖用血流魔法不斷施加咒印，敲打祕銀來製造刀刃。

刀刃上開始出現波浪般的花紋。

刀刃打完之後，就是鍛刀常見的淬火工程，真祖的淬火是在空中製造血漩渦，將刀刃插入其中，感覺更奇幻也更像吸血鬼。經過一連串的工程，終於完成日本刀——或者應該說是妖刀吧。

◆

「啊——竟然躲到這裡來啦。」

「鮪魚在哪？該不會你們全吃光了吧？」

剛替刀取完名字，骸與鎧就跑到鍛打房來了。

「嗟——班大人打刀打完了，打刀的班大人好迷人說……」

瑟美黎也跟著來。

「怎麼，你逼小子打刀啊？」

「不對，這把是我的。」

一個吸血妃把剛打好的妖刀抱在懷裡。

用瘴氣視一看，一團黑色煙霧爬滿了吸血妃全身，頗煽情的。

「我取名為妖刀『黑霧丸』，用心照料啊。」

「是，班大人！」

吸血妃向真祖道謝，喊著要去做刀柄刀鞘什麼的，就小跳步離開了。

「好好喔～」瑟美黎看著人家離開，羨慕地咬著手指嘀咕。

「看了班打刀，有學到一點東西嗎？」

「怎麼會只有一點，真沒禮貌。」

真祖抗議鎧的說法。

「我不會用血流魔法，但是學到不少打刀技巧。」

我本來只有看漫畫學到的知識，有很多誤解，這下學了不少。

真祖使用魔法的時候我有碰他幾下，卻沒有學到血流魔法技能，真祖說這是闇魔法跟水魔法的複合魔法。

「回到地表之後，我會試試看。」

「好，完成之後就讓我瞧瞧。」

如果做得順利，應該可以給小玉做把忍者刀吧。

「這不重要，鮪魚的生魚片跟壽司呢？」

骸急得推著我背後走，我們離開鍛打房，前往露臺上的宴會座，由我當個外派壽司師傅。

只有我一個人挺辛苦的，所以請常夜城的廚師來幫忙。

「嗚嘿嘿，上腹肉入口即化啊。」

「對，真棒，這山葵醬品質真好。」

「比目魚跟鯛魚的生魚片也好吃。」

「庫羅，別幫我加山葵喔。」

鎧、骸、真祖大快朵頤，我笑著回禮，並照唯佳三號的喜好捏壽司。

轉生組是挺喜歡的，不過——

「即使是班大人的興趣，我們還是婉拒告辭了……」

「這有點那個……」

「……」

——吸血妃們卻退避三舍。

「吃生肉簡直像野獸，真不舒服。」

「瑟美黎？」

「妳是說班大人像野獸嗎？」

「……好，大卸八塊。」

瑟美黎脫口說了真祖一句壞話，結果惹火了其他吸血妃，被好幾條「血流鞭」五花大綁，帶到露臺外面。

應該是以瑟美黎當藉口，離開這個充滿醋飯味的地方吧。

看看白姬，從頭到尾都用手帕摀著臉呢。

「這是鮪魚大和煮嗎？」

「不對，是鯨魚大和煮。」

「這樣啊，鯨魚啊，好懷念的味道——」

我捏著唯佳三號要的無山葵鮪魚腹肉，回答骸的問題。

「——等等，鯨魚？」

「對啊，我還有很多，想要的話就分給你們吧？」

我們已經吃了好多，卻連第一隻都還沒吃完呢。

不愧是三百公尺長的超級巨鯨。

「什麼『對啊』，鯨魚該不會是說大怪魚托布克澤拉吧？」

骸模仿我說「對啊」的口氣，這樣問我。

「是這樣沒錯，你討厭魔物的肉嗎？」

「骸，何必多說呢？你忘了這個破格小子打倒狗頭了嗎？」

「好像也對喔……」

這反應好像有點沒禮貌。

「鯨魚肉給我，我欠你一筆。如果跟神扯上關係，就來找我。」

「好，到時我就不客氣請你幫忙了。」

多出來的鯨魚肉，真是價值連城啊。

真祖給我血珠、血玉這些常夜城的罕見材料，鎧給我據點裡的猛男雕像，唯佳沒有給我什麼東西，但是幫我的迷宮別墅跟迷宮溫泉布下像常夜城一樣的結界。

抱歉喔，鎧的禮物我不要。

「對了，沒有壽司捲嗎？」

「小黃瓜捲我可以做。」

「我想吃鐵火捲。」

「我想吃普通壽司捲。」

唯佳三號所說的普通壽司捲，應該是放了瓠瓜乾的大壽司捲。

「手邊沒有高野豆腐跟瓠瓜乾，做不出來喔。」

「高野豆腐，班的城裡有啊。」

——哦？

我已經在公都弄到了普通豆腐，但是沒找到高野豆腐。

幫忙做壽司的常夜城廚師，把高野豆腐的食譜告訴我，我打算回地表之後做給亞里沙吃。

「還有——」

真祖突然大爆料。

「我在研究番茄的時候，有找到瓠瓜。」

——你說啥？

我用縮地逼到真祖面前，想問瓠瓜身在何方。

當然，是彬彬有禮的。

「快招！你哪裡找到的！」

「庫羅，住手！我對男色沒興趣！」

看來真祖好不容易才找到，死都不肯說。

我明明這麼彬彬有禮，用手推開我的臉真沒禮貌。

「等等，我沒畫地圖，但是很好找。」

「到底是哪裡找到的？」

只要有大概的位置，應該能用地圖搜尋功能找出來。

又能吃到以前午餐常吃的壽司捲啦！

「希嘉王國東邊有條大河，知道嗎？」

「當然。」

希嘉王國的公都旁邊有條大河，無人不知無人不曉。

「往那條河上流的源頭走。」

比古魯里安市更北邊嗎？

「翻過北北西方的山頭——」

——嗯？北北西？

「有座大森林，裡面棲息著森林巨人，那裡就長著天然的瓠瓜了。」

那不就是——穆諾男爵領的「山樹鄉」嗎！

想不到我去過的「山樹鄉」竟然就有瓠瓜。

「巨人們不好相處，我派去探索的眷屬血炎狼跟食屍鬼，被踩扁好多隻了。」

真祖說完，還說可以幫忙我闖進去。

「這我有辦法，沒問題。」

我跟森林巨人的地盤有點交情，就算長老「石鎚」不認識我，只要拜託小巨人長老「高個兒」，請鄉民們找瓠瓜應該找得到。

我真想馬上趕去，但是明天已經排好要去王都，等王都觀光跟日常生活安頓下來再說吧。

「下次我來，必定會準備好。」

「嗯，我等你。」

我答應唯佳做一份最棒的壽司捲。

◆

「哇——賽利維拉迷宮已經存在這麼久啦？」

「所以狗頭那些魔王都會來這裡養精蓄銳。」

飯後甜點是我帶來的麻糬，我邊吃邊聽骸他們講解大陸最古老的迷宮，賽利維拉迷宮的歷史。

「大多數魔王都只會活一代，不過狗頭、蠍王、蟲王、碎嵐王這幾個老是在復活，挺有名的。」

復活魔王的靈魂會出現在世界上，吸收濃密的瘴氣來重生血肉。

「所以最近這一千年，老是有勇者跑來調查。」

「很少人會跑到這麼深就是了。」

「誤會我們是魔王而出手的傢伙，消磨時間還不錯，但是希望他們懂點禮貌，不要穿著鞋就踏進我前院來。」

對喔，迷宮都市的探索家公會裡面，顧問賽貝爾凱雅小姐也誤以為「骸王」「深淵血王」「鋼王」「小鬼姬」就是魔王。

我想她說的應該就是骸、真祖、鎧跟唯佳了。

「畢竟你們的事蹟都流傳下來了。」

「——有流傳啊？是什麼鬼故事或奇譚嗎？」

「是以聖王大和為主題的故事書《賽利維拉的深遠》。」

「喔，那本鬼扯淡啊。」

「真是，那個慢郎中怎麼可能降伏我跟骸呢……」

看來聖王大和是個慢郎中。

「那麼跟『鬼族之王』交戰也是虛構的嗎？」

「我沒有跟誰打喔！只是教人家怎麼做味噌跟醬油而已。」

——真是震撼的真相。

原來是唯佳把味噌跟醬油傳進希嘉王國的。

「對了，庫羅，班給了你萬靈藥沒有？」

鎧原本逕自吃著各種麻糬配希嘉酒，突然拋出這個話題來。

「庫羅有需要萬靈藥嗎？地底保管庫有很多瓶，要多少就拿去。」

「那怎麼行，這麼貴重的禮我不能收。」

反正我只要花三個月就能量產，目前只要有亞里沙的分就夠了。

「不打緊，我會定期獵殺下層的『樓層之主』，所以每幾年就會取得新的萬靈藥。」

「你有定期在獵殺啊？」

「如果沒有每年獵殺，骸會擔心。」

「擔心？」

難道是稀有怪出現在面前，不殺白不殺嗎？

「骸是疼老婆的。」

「囉嗦！」

真祖一說，骸就生氣。

但是我不太懂，骸疼老婆跟定期獵殺「樓層之主」有什麼關係。

「請問嫂子是怎麼樣的人？」

骸的老婆，或許是木乃伊皇后之類的？

「老婆？骸的老婆就是迷主啊。」

鎧說出了意料之外的答案。

「迷主？就是『迷宮之主』嗎？」

「對啊。你應該有打贏過『樓層之主』吧？召喚句說『擇日帶上三證，至汝面前！』裡面那個『汝』就是迷主啦。要是真的有人湊滿三項證明，迷主就危險了，所以我們會定期獵殺下層的『樓層之主』啦。」

哇——老婆是「迷宮之主」也太強了。

我挺想知道雙方是怎麼認識的。

對了——

「那就不能弄到『詠唱寶珠』了對吧？」

只要有這顆寶珠，魔法自由度就會大大提升呢。

「——嗯？」

「啊，傻了。」

「快住口啊。」

真祖、骸、鎧接連低喃。

「我是說錯話了嗎？」

「混蛋，我老婆就是彆扭，你要是說這種話……」

「嘿嘿嘿，保證不會現身啦。」

怎樣啦，真過分。

「她有物慾雷達喔。」

呃，我想不是。

「班的寶物庫裡面，應該有留一兩顆寶珠吧？」

「寶珠類的東西，妃子跟侍女們想要就拿去了，一顆都不剩。」

鎧剛開口我還有點期待，結果馬上就被否認了。

對了——

「我可以當面拜託嗎？當然會準備相對報酬的。」

「報酬啊……」

我這麼問，骸面有難色。

「骸他老婆可能會說，報酬就是殺一尊神來喔。」

「對，那個討厭神的傢伙應該會這樣講。」

「嗚嘿嘿，歷歷在目喔。」

真的假的……

先不提我能不能打贏神，但是只為了自己的慾望，就殺死無冤無仇的對手，我辦不到。

「你就別那麼失望啦。」

鎧用力拍拍我的背打氣。

鐵手打起來真是痛。

「唯佳，我老婆可以看到班的城堡嗎？」

骸此話一出，我不禁抬頭。

這裡的結界可以隔絕我的空間魔法，或許也能隔絕「迷宮之主」的目光吧。

我懷抱期望看著唯佳。

唯佳聽到有人喊她，愣愣地看過來。

看來突然變回沉穩的唯佳一號了。

「我有點勉強……換初代大人來吧。」

唯佳一號跟初代的唯佳三號交換人格。

「目前只有骸的祕密基地，她才看不到喔！把人家孤立起來也太可憐了吧。」

唯佳三號手扠腰，像在教小孩說「不可以欺負人家」。

看來這座迷宮裡是不可能弄到「詠唱寶珠」了。

「小事情，練個十年自然就會用啦。」

「不錯，正是如此。」

「說得不錯，像這裡的侍女們，除了半途而廢的之外，最快五年，最晚八年，就都學會了。」

班使個眼色，侍女長費德樂卡也這樣安慰我。

「好的，我會繼續修練詠唱功夫。」

畢竟我跟育幼院的小朋友們有一起練習，要是弄到「詠唱寶珠」抄捷徑，可能很難給小朋友們當榜樣。

向好心鼓勵我的迷宮下層歡樂伙伴道別之後，我就回到地表上。

啟程

「我是佐藤。虛構的故事裡面常常有人說，我贏了就跟我交往，但是現實世界中從來沒見過這種人。好吧，如果真的有人這麼說，就等於是告白啦。」

「頭髮沒亂，衣服也沒皺——大概就這樣吧。」

我從迷宮下層回到大宅辦公室，換上貴族用的禮服，準備搭飛空艇前往王都。

離開辦公室，發現門廳吵吵鬧鬧的。

往那裡走去，有個小女僕發現我，慌慌張張地跑來。

「老爺！『飛空艇』！是『飛空艇』啊！飛在天上啊！」

「所以才叫飛空艇呀。」

「也是喔！好厲害啊！」

如果飛不起來，就不算飛空艇了。

小女僕拉著我的手到窗邊看飛空艇。

有一艘大型飛空艇飄在迷宮方面軍的軍營上方，是之前無名交貨給國家的飛空艇一號。

除了我們之外，成功討伐中層「樓層之主」的「赤龍咆哮」傑利爾先生，還有其他許多人物也要搭同一艘飛空艇前往王都。

「好大啊——老爺就是要搭那艘飛空艇是吧？太厲害了！」

王都每個月都會有一班飛空艇飛來迷宮都市，為什麼要這樣激動呢？原來是自己認識的人要搭飛空艇，才這麼激動。

「是呀——」

我摸著小女僕的頭，一起仰望飛空艇。

飛空艇的舷甲畫著希嘉王國國旗，船頭突出的艦橋上掛著一面小旗，象徵搭乘的人員。我受封的時候，穆諾男爵領的文官尤尤莉娜教過我徽章學，所以我能認出那是「比斯塔爾公爵」的旗幟。

記得迷宮方面軍的艾爾塔爾將軍有個外甥，就是這位公爵。

聽說比斯塔爾公爵跟歐尤果克公爵處得不好，穆諾男爵又是站在歐尤果克公爵這邊，希望對方路上不要因為無聊，就來找我這個穆諾男爵的家臣打發時間啊……

是說像公爵這麼尊貴的貴族，應該沒有傻到會特地找最低階的榮譽士爵滋事吧。

「妳們幾個，早上的活還沒做完，快回去做事！」

女僕長米提露娜小姐突然來到門廳，大喝一聲，小女僕們就鳥獸散回去工作了。

「老爺早安。」

「嗯，早啊。」

重點是我的同伴們，不知道換裝好了沒？

「大家準備好沒有？」

「各位都已經換裝完畢了。」

亞里沙好像就等米提露娜小姐這句話，從門廳樓梯上的門裡面領著大家現身。

大家今天都穿禮服。

「噹噹噹～怎樣，好看吧？」

亞里沙原地轉了一圈。

酒會禮服的裙襬飄揚起來，跟著亞里沙擺定格姿勢緩緩落下。

胸前的「魂殼花環」胸針在陽光下閃閃發亮。

「嗯，真是套好衣服。」

「哎喲！要誇就誇小亞里沙本人啊！」

亞里沙氣呼呼，我補充一句：「本人當然也很可愛啊。」

「再來是波奇喲！」

「還有小玉～？」

小玉跟波奇乒乒乓乓地跑下樓梯，擺出咻比姿勢等我說感想。

「妳們兩個都很可愛喔。」

「哇～」

「好喲！」

小玉跟波奇穿著粉紅跟檸檬黃的禮服。

可愛歸可愛，但是擺出戰隊的咻比姿勢感覺不太搭。

「佐藤。」

蜜雅穿著嫩綠色禮服，上面滿滿的蕾絲。

昨天晚上她還在猶豫，要穿精靈族傳統服裝，還是雅潔小姐穿的巫女風服裝，最後還是配合其他人一起穿洋裝。

「蜜雅很像小公主喔。」

「嗯。」

蜜雅回應很簡短，但是開心臉紅紅。

「向主人問早安，我這麼宣告道。」

「好，早安。」

娜娜穿著保守的藍色禮服，胸前包緊緊。

其實我剛開始做她的禮服，攻擊力直逼泳裝雜誌封面女郎，但是在蜜雅教訓跟亞里沙監製之下，變成現在的款式了。

「等著主人稱讚，我小聲說道。」

娜娜還是沒什麼表情，但是我覺得那張臉應該有點得意，有點興奮。

「今天比平常更漂亮喔。」

應該是很想去王都吧。

「主人，讓您久等了。」

露露穿著白色系的成熟禮服。

她昨天本來要選女僕裝，但是難得搭飛空艇旅行，我就勸她穿時髦點。

「主人早安。」

最後出來的莉薩穿著戰鬥裝，一身盔甲就像個騎士。

我一直勸她穿禮服，但是她說這次出門的身分是祕銀探索家，想穿戰鬥裝。

難得莉薩有自己的主見，我就隨她去了。

「亞里沙，行李都打包好了嗎？」

「我辦事，您放心！」

亞里沙又給了個老氣的答案。

比較顯眼的行李，只有三個騙人用的大型旅行箱（長得像行李箱），還有兩個盔甲袋。真正的行李都收在每個人的妖精背包，亞里沙的「寶物庫」，還有亞里沙的空間魔法「萬納庫」創造的收容空間裡面。

「那就出發吧——」

小女僕們替我開門，我就走出門去。

正門前停了兩輛馬車，小女僕、育幼院的小朋友以及探索家學校的學生們列隊歡送我們。卡吉羅先生和綾女小姐也在。

兩輛馬車之中有一輛是向杜卡利準男爵家借來的。

杜卡利準男爵很喜歡我們家的馬車，所以我們關係打好到一個程度之後，我就送了他一輛同款馬車。

兩輛還坐不下所有人，所以先送卡麗娜小姐她們去了飛空艇的停靠站。

「「「士爵大人請慢走！」」」

小朋友們齊聲歡送。

我向大家打招呼，走向馬車。

走到隊伍中段的時候，育幼院的小男生們拿著短杖上前來，是早晚跟我一起練詠唱的小朋友們。

三個小男生齊聲詠唱。

「■ 微風。」

真想不到，其中一個人詠唱成功了。

他施展了魔法微風，掀起小女僕和亞里沙她們的裙子。

我直覺抱住露露和娜娜的大腿，抓緊裙襬，但是旁人看了可能會覺得我是性騷色狼。

至於沒有被我抱住的女生們，裙子都隨風飄揚，畢竟迷宮都市天氣熱，大家都穿透氣又輕盈的短裙啊。

一陣驚呼之後，沒有被我護住的蜜雅跟亞里沙嚴正抗議。

波奇跟小玉覺得掀裙很好玩，開心地說：「飄飄～」「飛喲！」

「耶嘿嘿～成功啦。」

「背著少爺偷練詠唱，值得啦。」

頑皮小鬼互相慶祝勝利。

育幼院收留的小朋友裡面，沒有人會「詠唱」技能或「魔法」技能。

想不到這麼短時間就學會詠唱了。

先不論用途好壞，我要表揚他們的努力與天分。

老實說，好羨慕啊……

不對，還是別嫉妒小孩了。

至於頑皮小鬼的處分呢——

「你們這批小渾蛋～！」

被亞里沙賞拳頭，慘叫連連。

經過這可愛的意外之後，我們搭著馬車前往飛空艇的停靠站。

「好大～？」

「太厲害了喲！」

小玉跟波奇從馬車探出頭來，仰望飛在天上的巨船，大呼小叫。

波奇尾巴搖個不停，打在臉上真痛。

「姆。」

兩邊車窗都被占據，蜜雅不開心地打開車伕背後的通話窗，看外面的風景。

亞里沙、露露、娜娜三個人猜拳猜輸，只好坐我們前面那輛馬車。

莉薩拿著魔槍多瑪坐在駕座上，真奇妙，她明明害怕騎黑龍，卻這麼喜歡坐高位啊。

我看窗外擠滿民眾，有人歡送，有人看熱鬧。

民眾看到我們的馬車就大聲歡呼，讓我想起遊行的光景。

莉薩坐在駕座上，聲援她的人也特別多。

「停車——」

我發現潔娜小姐她們在飛空艇底下送行，就要駕車的女僕停車，然後走下車來。

「佐藤先生，這些請帶去飛空艇上吃吧。」

「謝謝潔娜小姐。」

我收下潔娜小姐給我的包裹。

拿起來感覺挺溫熱的。

「這是潔娜小姐親手做的嗎？」

「……呃，這是……」

看來不是。

我並不想為難潔娜小姐，得快點換個話題——

「可惜啊，是管宿舍伙食的婆婆跟我一起做的喔。」

「哎，莉莉歐！不是說要保密的嗎！而且我有幫忙擺漂亮啊！」

我還沒圓場，莉莉歐就掀底牌了。

等等再看潔娜小姐辛苦的成果吧。

「美食必須色香味俱全，擺得好看也很重要喔。」

「啊，是……說得對……很重要的。」

潔娜小姐別過頭，小聲嘀咕。

糟糕，現在不該幫圓場，應該當沒聽見才對吧？

失手失手，如果是戀愛遊戲，應該會有好感度降低的音效出來了。

「對了，少年，多謝你的地圖啊。下次我們領軍會去獵——呃，螳螂太危險就算了，就獵『迷宮蝸牛』跟『紅色食蝸蟲』啦。」

莉莉歐隨性地揮手道謝。

「好，請加油。只要大家都變強，潔娜小姐自然就安全了。」

那一帶只要避開「區域之主」遊蕩的大房間，還有四處出沒的「騎士殺手」應該就不成問題。

如果她們替我在那裡墾荒，探索家學校的在學生和畢業生也能安心打獵，真是雙贏的關係啊。

「——士爵大人！」

莉莉歐捉弄潔娜小姐說：「潔娜，人人愛喔。」此時伊歐娜小姐也趕來，身後跟著之前見過的騎士跟文官。

「士爵大人，先前承蒙關照，隊長騎士韓斯和特利爾文官要致謝——」

「潘德拉剛卿！感謝你對太守大人的美言啊！」

她們的長官騎士韓斯打斷了伊歐娜小姐的話。

之前他們希望我引薦探索家學校的觀摩事宜，我就寫了封介紹信。

明天開始，他們就會加入衛兵行列，學習怎麼維持探索家之間的治安。

騎士韓斯還很多嘴地告訴我，等待裝備修補的騎士跟士兵優先參加研習。如果他們學會如何維持治安，未來慕名拜訪聖留市的人，萬事屋老闆，還有娜迪小姐他們都很受用，請大家多加油啊。

「感謝潘德拉剛卿，日前批准我們觀摩探索家學校！而且短時間內就將魔法兵潔娜等人操練得如此精良，實在令我佩服不已啊！」

文官對我大誇特誇。

這種狀況通常都是另有所求，所以我提高警覺。

「因此呢，是否能從我聖留伯爵領軍之中，挑選幾名擔任探索家學校的實習教師？當然不需支薪，隨您使喚！」

領軍的老手教官要派給我用，我當然一口答應。

但是不給薪水不好意思，所以我打算支付實習教師的薪水。

「潘德拉剛卿與探索家公會，也是私交甚篤吧？」

我點頭，結果人家問我能不能關說一下公會求職事宜，可惜我沒那個權限，只答應會寫封介紹信。

最後他們又問我，能不能鍛鍊潔娜分隊之外的隊員，我一口回絕。他們說聖留伯爵會授動打賞，但打不動我的心。

「我之所以幫忙，全因潔娜小姐是我的好友，也是我的恩人。如果各位得寸進尺，我得檢討與各位的往來關係了。」

這種人要趁死纏爛打之前畫下停損點才行。

文官發現我開始動氣，瞬間變臉進入賠罪模式，我也不多追究。畢竟連潔娜小姐也幫文官來賠罪啦。

◆

「……佐藤你喜歡潔娜嗎？」

「卡麗娜大人問得可真唐突啊。」

卡麗娜小姐從後面問我一句，我回頭看了，差點暈倒。

……真想問她為什麼穿的不是禮服，而是盔甲。

記得吃早餐的時候，她還是穿禮服啊。

「請問怎麼會這樣穿呢？我說過今天可能會見到公爵閣下，請大人穿上我準備的禮服，是不是呢？」

我笑著逼問卡麗娜小姐。

難得要與高位貴族同桌，我才準備攻擊力那麼強的美妙禮服，幫妳牽姻緣線啊。

「……要是穿了禮服，公子們的目光會嚇到我啊。」

「說得楚楚可憐也不行。」

「佐藤你壞心！對潔娜就那麼好……」

因為潔娜小姐是我朋友，對我恩重如山啊。

先不管鬧彆扭的卡麗娜小姐，為什麼潔娜小姐跟亞里沙也要瞪我呢？

看了莉莉歐她們賊笑，我就懂了。

——原來是卡麗娜小姐剛才那句話啊。

「潔娜小姐對我來說——」

「跟！跟我比一場！」

我正要說「是值得敬重的好友」，卡麗娜小姐卻急得大聲打斷我。

我只是要回答她的問題啊。

「你跟我比一場！要是你贏了，我就穿那套丟臉的衣服！」

呃，等等，不要講得那麼難聽好嗎？

我準備的禮服，只是模仿王都流行的最新款式而已啊。

她說是「丟臉的衣服」，其實只是胸口有點低的禮服，不怎麼暴露啊。

卡麗娜小姐在故鄉穿的禮服，是歐尤果克公爵領出品，款式有點過氣又保守，所以才覺得新款式不要臉吧。

話說如果比一場可以讓她聽話，那就快快解決啦。

「真拿大人沒轍，那就用跟波奇和小玉一樣的規矩來比，可以嗎？」

「當然，求之不得！」

小玉和波奇要跟卡麗娜小姐對決的時候，是比誰先被打出場，或者誰先躺倒在地，一次就算輸。

「要是我贏的話——」

對喔，還沒問卡麗娜小姐贏了想要什麼。

卡麗娜小姐臉紅紅盯著我看。

我倒覺得是在瞪我。

卡麗娜小姐心慌意亂，說出了震撼的要求。

「——就、就跟、我跟我——結、結結結婚喔！」

嗄？結婚？

旁邊的亞里沙狂喊：「有罪！」

幸好蜜雅帶著小玉跟波奇去買東西吃了。

至於露露呢，正跟著莉薩和娜娜把行李搬進貨櫃，準備送上飛空艇。

群眾響起一片歡聲與罵聲，轟炸我和卡麗娜小姐。

「啊，不是——」

卡麗娜小姐急得眼冒金星，但是沒有人想聽她狡辯。

應該是不想在王都相親，打算說出「跟我假結婚」，結果一時驚慌縮寫成「結婚」了。

我想她確實對我有好感，但是這算異性之間的情愛嗎？我要抱持懷疑態度。

我認為自己比較像小玉跟波奇旁邊的贈品呢。

重點是潔娜小姐好像唱片跳針，不斷重複著「結婚」二字，真擔心。

等等要好好解釋清楚才行。

「少爺！舞台都準備好啦！」

我還沒去安慰潔娜小姐，愛管閒事的群眾就已經準備好擂台了。

還想說這人怎麼挺眼熟的，原來是下城角頭之一，「泥鰍」史考畢。

我們前往臨時競技場，那是大家等飛空艇時的娛樂設施。

今天現場有很多貴族跟祕銀探索家，探索家和武師們想要展現身手，才會臨時搭了個競技場。

到了臨時競技場，發現史考畢的手下已經大肆宣傳，場邊坐滿了觀眾。

「少爺要下場打？跟誰打？黑槍莉薩嗎？」

「聽說是那個大美人哪。」

「好大！比牛人還厲害啊！」

「呸！別出言汙衊我的女神！」

「啊——那個美人我認識，就是豆鎧二人組帶在身邊的姑娘啊。」

「——所以，是潘德拉剛偷藏的新人？」

「那可不能錯過啦。」

觀眾們胡說八道，至於卡麗娜小姐似乎跟我決鬥會緊張，對觀眾們的聲音毫無反應。

我與卡麗娜小姐面對面。

她今天的裝備是迷宮防具和拉卡。

至於平常在迷宮裡胡亂揮舞的大劍則沒帶，是赤手空拳。

我也配合她，把腰間的妖精劍交給亞里沙保管。

卡麗娜小姐的防具是我精心打造，防禦力高強還能展現乳搖，但是先前開拓迷宮回來，亞里沙就做了魔改造，包緊緊不會搖了。

所以卡麗娜胸前有點繃。

「主、主人你等等喔，你該不會打算故意輸吧？」

「沒打算啊。」

亞里沙小聲問我個蠢問題，我一口否認。

「不能被奶騙去喔！之後你愛怎麼摸我都可以喔。」

「啊，那就免了。」

我摸女童的胸要做啥？

「那麼——對了！我之後拜託露露給你摸胸啦！」

露露的胸愈來愈偉大，准我摸還挺有吸引力的，但是沒有本人批准，真是張空頭支票。

「亞里沙，冷靜點，我不打算輸的。」

「是、是喔？也對，主人有我們啦。」

亞里沙擔心得要命，我摸摸她的頭，走向卡麗娜小姐等著的臨時競技場。

我是想快快分出勝負，但這樣也不太好。

要是我輕輕鬆鬆打贏，會讓卡麗娜小姐難堪，但要是放水放太多，大家又會懷疑我想結婚。

最好的劇本，就是我們打個平分秋色，最後我驚險獲勝。

感覺挺麻煩的，但我就試試吧。

「你要是粗心以為我跟平常一樣，肯定馬上就輸喔！」

「那還真可怕，請大人手下留情啊。」

「哼啦。我在迷宮裡突飛猛進，看你能從容到何時喔！」

最近卡麗娜小姐被波奇跟小玉感染，心理年齡急遽倒退，但是上了決鬥場，難得又沉著冷靜起來了。

卡麗娜小姐說話吸引我的注意，拉卡趁機用「附加超強化」來強化卡麗娜小姐。時間很短暫，但是我有發現鱗片狀的魔力屏障喔。

拉卡的「附加超強化」會發揮「身體強化」「意氣風發」「加速」「魔力屏障」等輔助

效果。

我一派輕鬆，等著拉卡放完強化魔法。

裁判下令開打，卡麗娜小姐貼地衝刺過來，結果在我面前摔倒——不對，只是假裝摔倒。

她在我面前空翻一圈，使出腳跟砸。

如果是注重娛樂性的影像作品，我應該交叉雙臂使出十字防禦才帥氣，但現在應該不用吧。

所以我偏了個身，閃開卡麗娜小姐的腳跟。

——喔喔。

我以為閃開了，腳跟竟然使勁一橫，追踢過來呢。

八成是拉卡在半空中製造魔力屏障當踏點，讓她可以變換姿勢。

另一方面，卡麗娜小姐竟然瞬間就能轉身追打，反射神經了得。

小玉最擅長這種靈活攻擊，應該是跟她學的吧。

我近距離對卡麗娜小姐的腳打出一掌。

這一掌打破了拉卡的幾面小盾，抵銷了卡麗娜小姐的第一招。

群眾發出歡呼。

「喔喔！躲開那一招啦！」

「話說那個大美人，身上穿的也是魔法盔甲嗎？」

「那不是跟『潘德拉剛』隊伍穿的一樣嗎？」

「不愧是『不見傷』的裝備啊！」

我沒空聽場邊解說了。

卡麗娜小姐一腳落地，另一腳立刻使出迴旋踢。

我後退閃開，並小心別出界了。

卡麗娜小姐發現大招都打不中，就改用比較精準的小招連打。

先用刺拳猛攻上段，加上偷偷掃腿，這麼巧妙的攻擊，與先前在穆諾市的卡麗娜小姐有天壤之別。

看來到了迷宮都市跟獸人女孩們交手，成果斐然啊。

……而且，明顯比在迷宮耍大劍的時候強多了。

看來卡麗娜小姐當劍客不好，當格鬥家才好。

我一邊思考，一邊跟卡麗娜小姐打得你來我往。我們打得行雲流水，簡直像在跳舞。

卡麗娜小姐使出空中三連踢，我用手撥開並回敬一記迴旋踢。

我這一踢當然很放水，但是跟卡麗娜小姐的速度不相上下，所以沒有人起疑。

卡麗娜小姐利用拉卡製造的踏點，在空中改變方向閃過我這一踢。

真是高手的高招啊。

「喂，怎麼能閃過那一踢啊！」

「囉嗦，專心看女神開打！」

「啊，太可惜了！卡麗娜大人加油——！」

「哎喲，不要打得那麼驚險，快點解決掉啦！」

「姆。」

在觀眾們盛大的解說與加油聲中，卡麗娜小姐終於使出壓箱寶。

「喂！那個！」

「魔刃嗎？」

「是白色的喔？」

卡麗娜小姐從空中揮下一道白色光刀，我按照察覺危機的指示往後跳開。

她的手掌伸出一道三十公分左右的光刀，感覺跟拉卡護身用的鱗片小盾一樣。

這招出乎我意料，如果光刀再長一點，我就要捏把冷汗了。

但是這個距離，她還打不中。

「贏定啦！」

啊，卡麗娜小姐，這句不能說喔。

卡麗娜小姐的壓箱寶二號原本要偷襲我，但是她以為贏定了就說溜嘴，結果整個浪費。

光刀從卡麗娜小姐手上射出，我上身一閃就閃過了。

這是斜上方來的攻擊，所以不會打中其他人。

光刀擦過我身邊的時候，我還提防是否會爆開，看來是多心了。

光刀直接插進地面，消散無蹤。

「還早還早！」

卡麗娜小姐還是不放棄，繼續猛攻過來，但是神情顯得疲憊又急躁。

看來剛才那招孤注一擲，拉卡本體發出的藍光明顯黯淡許多，卡麗娜小姐的魔力要耗盡了。

雙峰綁定不動的卡麗娜小姐，交手起來一點意思都沒有，所以我打算該結束了。

觀眾們看這場對打應該算盡興，卡麗娜小姐也使盡全力，還拿出壓箱寶，輸了應該不會遺憾吧。

為了讓大家感覺卡麗娜小姐撐不住我的猛攻，最後以些微之差落敗，我利用「預判：對人戰」技能的幫助，想了一套十招左右結束的套路。

——亞里沙應該會罵我不准粗心。

我東想西想，先對卡麗娜小姐的左肩打出一掌，企圖打得她重心不穩。

拉卡的防禦已經弱化，被我一掌打穿，我就直接推開卡麗娜小姐的肩膀——本來是這麼打算，想不到卡麗娜小姐累得軟腿，碰巧閃開這一掌。

我的指甲稍微擦過她的盔甲，但我做給她的盔甲可沒有爛到因此刮傷喔。

修改我失手的招式，繼續追打卡麗娜小姐。

我慢慢把卡麗娜小姐逼到界線旁邊。

卡麗娜小姐漸居劣勢，觀眾們屏氣凝神。

我用連打硬是打開卡麗娜小姐格擋的雙手，她往後一仰。

——再三招。預計要讓卡麗娜小姐架開我的攻擊，趁她反擊我的時候，我反擊她獲勝。

緊接著，觀眾歡聲雷動。

出大包了。

「喔喔喔喔喔！」

「——天哪！」

「那、那是啥！」

「真、真的有奇蹟啊……」

亞里沙加裝的拘束帶突然繃開，魔乳重獲自由，隨著卡麗娜小姐的動作熱情彈跳。

盔甲是沒有毀損，但是我無法抵抗魔乳的魅力。
我緊盯著雙乳亂舞。
「上啊——！」
「卡麗娜大人～！」
聽見卡麗娜小姐的女僕隊大聲加油。
風切聲告訴我一腳踢過來了。
我敗給男性本能，無法反應卡麗娜小姐從死角踢來的這一腳。
「不行啦～！」
「佐藤！」
觀眾的歡呼聲中混著亞里沙跟蜜雅的慘叫。
命運的一擊正中紅心，比賽判定出界結束。

◆

「不是跟你說不能粗心，講到嘴巴都要爛了嗎！」
「姆，不能粗心，不行喔！從容可以，但是粗心不行，千萬不行喔！」

打完之後，亞里沙跟蜜雅就來修理我。

話說蜜雅，妳何時跑回來的？

「抱歉讓妳們倆擔心啦。」我道歉，然後對跌坐在地的卡麗娜小姐說了。

「卡麗娜大人，沒事吧？」

『讓她靜一靜，整理一下思緒吧。』

「是嗎？那就交給拉卡和碧娜妳們去安慰大人了。」

不用說，對打當然是我贏。

卡麗娜小姐要踢中我腦袋的前一刻，我緊盯著她的美腿，往下縮頭驚險閃開。

然後趁著魔乳被她身軀擋住的機會，輕輕在半空中推了她的腰一把，將她推出界了。

這命運的一擊可能份量有點輕，但是以卡麗娜小姐的反應來看，這麼說並不為過。

在觀眾看來，她應該是用力過猛而摔出場了。

「卡麗娜～？」

「痛痛喲？」

小玉跟波奇也來安慰卡麗娜小姐，我就站起身先離開。

突然有人拉住長袍衣角，低頭一看，卡麗娜小姐雪白的手指抓著我的下襬，臉上掛著不甘的淚水。

「下次……下次我一定會贏。」

我喜歡這樣不屈不撓的精神。

如果對手不是我，我一定大聲加油。

「到時也請您手下留情了。」

卡麗娜小姐哽咽要求再戰，我答應下來，就交給波奇跟小玉了。

「卡麗娜幹得好喲。」

「我們一起繼續練，繼續練～？」

「當然的啊！」

我離開三個熱血妹，詢問莉薩是否準備好要出發，露露跟娜娜已經登船，所以不在這裡。

跟卡麗娜小姐打了好一陣子，應該馬上就到出發時間了。

我得逼卡麗娜小姐去飛空艇的艙房裡換上禮服，向來送行的人們致意才行。

「潘德拉剛卿！」

第一個打招呼的，就是杜卡利準男爵率領的貴族子弟們。

這些小朋友進探索家學校還不到十天，身形都精實起來了。

「士爵大人，方才的比試真精彩啊。」

「說得對！佐藤閣下這般身手，去了王都或許會被提拔為希嘉八劍啊！」

我向杜卡利男爵感謝馬車之恩，然後向梅莉安小姐、米提雅公主打招呼。

我早就打定主意，不管多少人來勸我當希嘉八劍，我都要當場回絕，所以請不要亂幫我豎旗標喔。兩人寒暄過之後，米提雅公主手下的巖之騎士，跟存在感很低的隨從琉拉也向我打招呼。

接下來是其他貴族子弟。

「我——本少爺遲早會追上潘德拉剛卿的腳步！」

「那我就多多磨練，免得讓魯拉姆閣下追上了。」

托凱男爵家的魯拉姆是唯一一個沒瘦下來的孩子，我嘴上讓他幾分。

「魯拉姆口氣這麼大啊！」

太守三公子蓋利茲上前，拍了魯拉姆的腦袋。

「聽說你幫了柏曼一個大忙。」

……柏曼？

一時想不起來，打開選單交流欄裡面的筆記本，看到名字才想起來。

柏曼男孩是蓋利茲的朋友，帶著夥伴前往迷宮，結果被滅團，我稍微出力幫他組成搜救隊。

「我討厭那小子，但是伯母對我有恩。感謝潘德拉剛卿鼎力相助。」

是從小吵到大的損友嗎？

繼魯拉姆跟蓋利茲之後，其他貴族子弟也來寒暄。至於保護蓋利茲的太守護衛騎士，點頭致意就好。

「「士爵大人！」」

「美麗之翼」的伊魯娜跟捷娜也代表探索家學校來送行。

「探索家學校的學生，就交給我們跟卡吉羅大人吧。」

「我們會栽培更多『筆槍龍』，成為士爵大人的助力！」

說得好像我栽培學生是要當自己的手下一樣。

「麻煩安全第一喔。」

「是！」

「當然！」

伊魯娜和捷娜笑著點頭。

這兩人當探索家沒有天分，但是當教育家相當優秀。

「少爺！這給您送行的！」

「章魚燒嗎？謝謝，我等等跟小玉她們吃。」

越後屋商會賽利維拉分店，派了妮爾前來送行。

來送行的人還有中間探索家多森先生、可辛先生，薩里貢的「業火之牙」隊員，女探索家集團「銀光」也莫名跑來了。

族繁不及備載，感謝大家的祝福啊。

最後出發之前，再向潔娜小姐她們打聲招呼。

「最晚也只要一個月左右就回來，這段期間請不要逞強喔。」

「是，我會運用先前探索迷宮學到的經驗，注重安全第一！」

嘴上說安全第一，看潔娜小姐意氣風發，我就不太放心。

「今天早上不是還放話說『我要努力追上佐藤先生他們的功夫』嗎？」

「魯鄔，這現在就別說了。」

魯鄔小姐跟伊歐娜小姐說的話有點危險。

——潔娜小姐？

我狐疑地看著潔娜小姐，她顯得有些尷尬。

「潔娜就交給我們，不逞強有難度，但是保證不魯莽啦。」

聽莉莉歐這話真不知道該不該放心，我只能苦笑，再次叮嚀潔娜小姐別逞強。

「那我們該走了。」

「好的，佐藤先生。」

一陣糊里糊塗之後，我跟潔娜小姐用力握手，然後走向飛空艇的登船梯。

我們是最後一批乘客，上船之後立刻收起登船梯，飛空艇動力機構開始發聲運轉。

我想著在王都該做些什麼，走向觀景室去找同伴。

◆

「對了主人，我忘了提一些轉生當時的事情。」

看窗外的亞里沙回過頭，摸著「魂殼花環」胸針，在我耳邊小聲說。

「轉生的時候，神明對我說過『威能、希望、成長』，要是我都不用獨特技能，反而很糟糕吧？」

「或許吧，但是亞里沙的安全比較重要。」

「先不管那個危險的『力量全開』，有次數限制的『不屈不撓』應該可以用吧？」

嗯，只是這樣應該可以吧？

「好吧，就只有緊要關頭准妳用『不屈不撓』，然後千萬別超過次數限制喔。」

「好──我知道了。」

亞里沙像小朋友一樣回話。

「啊，還有一件事。」

「轉生的事？」

「嗯，其實不是轉生當時的事，是我還在當嬰兒的時候，神明跑來託夢跟我講過，要是碰到其他神明或神的使徒要小心──」

亞里沙的嗓門壓得更低。

「──說如果其他神明的勢力，發現有人繼承祂的力量，一定會打過來。所以碰到其他神明或『神的使徒』，不是全力逃跑就是全力抵抗。」

我聽到亞里沙這麼說，想起在特尼奧神殿受洗時的光景。

當時亞里沙沒有接受特尼奧神的洗禮。

該不會接下來要我去打神吧？

我可不希望搞什麼神魔最終大戰，只要悠閒地觀光就好啦。

仰望窗外耀眼的太陽，我對天上的眾神許下這小小心願。

前往王都的旅程

「我是佐藤。記得第一次坐飛機坐在機翼附近的位置，機翼受風搖晃的程度比想像中還大，真可怕。不過到了半途就習慣，開始欣賞風景了。」

「見比斯塔爾公爵閣下安好，可喜可賀。」

「嗯，莫撒多準男爵身體硬朗，也是頗好。」

飛空艇剛從迷宮都市出發，「紅色貴公子」傑利爾・莫撒多準男爵就帶著一群貴族前往貴賓室。

除了我們之外，還有其他祕銀證探索家也要前往王都受封，但平民就不會被找來這裡了。

其實這些人裡面只有傑利爾先生有準男爵爵位，其他貴族子弟不是榮譽士爵，就是根本沒爵位。

我們坐在最下位，偷看在我們之後才進來的比斯塔爾公爵。

比斯塔爾公爵跟他舅舅艾爾塔爾將軍一樣，是個鷹勾鼻凶巴巴的中年男子。兩人是舅甥關係，年紀卻相去不遠。

公爵不是皇族，照希嘉王國禮節來說不需跪拜，但他可是現任國王的表弟，不僅血統高貴，又有權勢，所以先進貴賓室的人們都跪著迎接公爵進來。我也像個隨波逐流的日本人，跟大家一起跪。

「聽拉北列說，你們幹得漂亮。」

比斯塔爾公爵稱讚傑利爾先生，靠著巧妙的指揮打贏了強大的迷宮中層「樓層之主」。

「或許日後你能扛起我領軍一方——或者，先當個希嘉八劍，賺點名聲？」

「不才不敢有非分之想，但身為希嘉王國追求武道之人，希望有朝一日能敬陪八劍末座。」

比斯塔爾公爵說得豪氣，傑利爾先生緊張兮兮地回話。

反正我沒事，就用地圖搜尋拉北列這個名字，原來是比斯塔爾公爵的一個手下，跟傑利爾先生一起討伐「樓層之主」的魔法使。

應該是比斯塔爾公爵聽說麾下的傑利爾要討伐「樓層之主」，才派這人去支援。比斯塔爾公爵特地坐上這班飛空艇，或許是為了恭喜麾下的傑利爾吧？

比斯塔爾公爵和傑利爾談完，就依序恭喜各位貴族子弟成功討伐「樓層之主」。

公爵對榮譽士爵們的賀詞單純了些，最後才輪到我。

他看我的眼神，就是不怎麼客氣。

「方才的表演實在盡興，我看卿別當探索家，去街頭賣藝才好吧？」

街頭賣藝，卡麗娜小姐聽了肯定發火。

但是蜜雅奏樂，亞里沙唱歌，小玉跟波奇跳舞，我們周遊各國賣藝想必很開心。

我想著想著就脫口說了——

「那想必很開心，當我退下探索家的身分，就到公爵閣下城裡巡演吧。」

公爵聽了就臭臉。

>獲得稱號「純真的挑釁人」。

拿到奇怪的稱號，應該可以不用管它。

反正公爵也是在酸我，我提出真誠的感想，應該會被當成頂嘴吧。

照道理來說，公爵應該要大笑說「好個時來運轉的賤民等等」可是……

「托列爾卿打算退隱，歐尤果克公推薦卿來繼位，但希嘉八劍意義重大，沒本事可坐不起這個位啊。」

我一時還不知道誰是托列爾卿，聽他這麼說應該是哪個要退休的希嘉八劍吧。

這麼說來，潔娜小姐好像提過托列爾卿這個名字。

好像是去挑戰下級龍而身受重傷的人。

話說回來，就算我是你政敵手下的人，說一個祕銀探索家「沒本事」不太合理吧？

「——閣下。」

有個具備人物鑑定技能的親信，對公爵耳語幾句。

公爵稍微挑眉看我，忿忿地咂舌一聲。

「光靠功勳，當不了代表希嘉王國的武師，還得具備高尚的教養，才能為人典範哪。」

應該是親信說了我的等級，他的發言才急轉彎。

當然不是我那個異常的三百一十一級，而是我在交流欄設定的公開等級。

討伐狗頭魔王之前，我設定的公開等級只有三十級，現在拉到跟傑利爾先生一樣是四十五級，所以公爵才說，當希嘉八劍不能只有武功吧。

「文武雙全，可不常見啊。」

公爵望向傑利爾先生，用力點頭。

原來他要推薦傑利爾先生當希嘉八劍，跟歐尤果克公爵打對台啊。

我可不想當人家爭權奪利的棋子喔。

要是不小心當了希嘉八劍，哪還有閒情逸致觀光呢？

而且要是亂講話，樹敵了也不好。

「多謝公爵閣下用心提點。」我說得保守，希望能補回剛才的失言。

要是戰火燒到我這邊來，我也可以隨便取個新假名，冒充神祕第三勢力，搶走希嘉八劍的位子。

先把局勢穩定下來，然後讓這個神祕劍豪挑戰龍，光榮戰死就好。

最後由傑利爾先生來接棒，一切就圓滿啦。

◆

「比斯那傢伙竟然跟主人為敵，好一支滅亡旗標啊。」

「就是說，愚不可及。」

亞里沙先說，莉薩認真點頭，蜜雅覺得無關緊要。

我回到自己所屬的艙房之後，把剛才貴賓室的經過說給亞里沙她們聽，結果她們不同情我被酸，反而同情起比斯塔爾公爵。

這也太沒戒心了，所以我吩咐大家，發現可疑人物接近就向我報告。

露露跟娜娜去廚房觀摩，波奇跟小玉去安慰打輸架失魂落魄的卡麗娜小姐，都不在房裡。

「乾脆就當了希嘉八劍怎樣？」

「當了又能怎樣？」

「說這什麼話啊，當了希嘉八劍，任期之間就會跟其他大臣一樣，有伯爵待遇喔！」

「我對這種地位沒興趣啊。」

基本上我當了上級貴族，也沒好處。

如果我想要爵位，直接變成無名去拜託國王，就算當不到侯爵，拿個伯爵應該是輕而易舉的。

「嘎～！受不了耶！你怎麼都沒慾望的？男人家到了異世界還可以作弊，都不會想要飛黃騰達嗎？要是當了伯爵，貴族千金隨便你妻妾成群喔！」

「亞里沙，冷靜點。」

亞里沙逼向我開始胡說八道。

她只要扯上「老規矩」就會抓狂，平常總是說喜歡我，現在又說要我討更多老婆，這樣好嗎？

蜜雅聽了亞里沙的發言就來開罵了。

「不能偷吃，絕對不行喔！老婆已經夠多了，滿出來了喔！」

「蜜雅對不起！我、我錯了，我有在反省啦～」

蜜雅凶巴巴，連亞里沙都退避三舍。

我個人只有雅潔小姐唯一選擇，但是現在就怕打草驚蛇，所以沒問蜜雅她說的老婆是誰。

莉薩沒有特別發表意見，但是看她的表情跟動作，她跟亞里沙一樣，認為我當希嘉八劍沒什麼不好。

我倒是覺得莉薩比我更適合擔任希嘉八劍呢。

至少現在的莉薩，比原本擔任希嘉八劍的三王子還強。

我想波奇跟小玉應該也比三王子強，但是兩人年紀還小，要坐大位應該還太早。

◆

「回來嘍～？」

「肥來了喲。」

波奇跟小玉無精打采地回來房間。

平時兩人總是精神飽滿，這下可稀奇了。

「卡麗娜小姐怎麼了？」

「窩啊窩啊窩～」

「不肯從房間出來喲！」

波奇跟小玉癱倒在沙發上，為了犒賞兩位，我把珍藏的鯨魚肉乾塞進她們嘴裡。

之前做的一百公斤肉乾已經吃完，得多做點了。

「這、這是！」

「鯨魚肉～的～乾～」

「精神百倍了喲！」

兩人一吃到鯨魚肉乾就跳起來，擺出咻比姿勢。

我則摸摸兩人的頭，慰勞她們的辛苦。

兩人覺得癢，但還是開心地呵呵笑。

「好，那就——」

「要去找奶小姐嗎？」

——呃，我沒這個打算啊。

我差點這麼說，但學聰明了，決定不說。

現在這種狀況，放著卡麗娜小姐一個人失魂落魄確實很殘忍。

機會難得，我想帶著小姐去跟其他祕銀探索家交流，但這等等再說吧。

「也好，讓她沉澱一陣子，再去看看她吧。」

有人敲門拜訪，莉薩站了起來。

來者是卡麗娜小姐的護衛間女僕，艾莉娜和新人妹。應該去了廚房的露露跟娜娜也在。

侍女碧娜好像留在卡麗娜小姐的艙房裡。

「士爵大人，快救命啊～」

「求求您了！」

兩人對我鞠躬，請我幫幫那個窩著不出門的卡麗娜小姐，我想是不必這樣擔心，但根據她們倆的經驗，這次似乎非同小可。

「您看，露露小姐在廚房做了一大盤炸雞，放在小姐門口，小姐都不出來喔！」

艾莉娜，只有妳才會被炸雞騙出門吧。

但是波奇、小玉甚至莉薩都猛點頭，我就不多說了。

「不管是被妮娜執政官罵，被佐圖爾隊長痛打，還是蓋爾德大廚做的炸雞，都可以讓小姐打起精神啊！但是這次～」

艾莉娜死命地求我。

我知道妳很擔心卡麗娜小姐，但是請不要用缺料的胸抱緊我的手臂，妳看新人妹都來學妳了。

「有罪。」

「等一下，應該不用抱那麼緊吧？」

亞里沙跟蜜雅拉開了我的手臂。

我本來就打算去找卡麗娜小姐，所以就在兩人苦苦哀求之下，前往卡麗娜小姐的房間了。

我敲敲卡麗娜小姐死守的臥房門。

「卡麗娜大人，聽說您臥榻不起，請問身體還好嗎？」

當然，沒回應。

「卡麗娜大人真的太喜歡士爵大人，才會如此失落啊……我竟然都沒發現呢。」

「要是被士爵大人甩掉，只好在王都強制徵婚啦。」

「先不提男爵閣下，只要妮娜執政官出馬，肯定會逼小姐跟哪個大貴族相親哪。」

「畢竟年紀也不小了，肯定會啦。與其在王都找老公，不如當士爵大人的老婆，樂得輕鬆啊。嫁給士爵大人，往後就能跟波奇還有小玉猛刷迷宮啦。」

新人妹跟艾莉娜在我後面說悄悄話，但是都被我的順風耳技能聽見了。

兩人與卡麗娜小姐同進退，對小姐也很了解。

好吧，轉換重點，現在該怎麼辦呢？

「這下就要天岩戶作戰了！」

「妳說，天岩戶？」

「沒錯！勇者大人的世界有段神話，傳說女神窩在神域裡不肯出來，所以要發動作戰把女神引出來啊！」

亞里沙雙手扠腰，氣呼呼地站在桌上大喊。

「亞里沙，這樣沒教養。」

「啊哈哈哈，抱歉抱歉——」

亞里沙被莉薩罵了連忙下桌，但是又再次胸有成竹地宣布要進行天岩戶作戰，拉著大家前往廚房，準備舉辦餐宴。

但是人家垂頭喪氣窩在房裡，還去房門口擺桌吃喝，人家應該更賭氣不想出來了吧。

我在卡麗娜小姐臥房門口思考起來。

我很想看娜娜扮演天鈿女命（註：在天岩戶前面跳舞的女神），但照往例應該選亞里沙還是其他幼年組的同伴吧。

於是我毫不猶豫起身，走向擋在我與卡麗娜小姐之間的那扇門。

利用空間魔法「遠見」確認房內狀況。

老實說，偷窺閨女的臥房整個就是出局，不過這次我就別跟自己的道德觀計較了。

可惜——啊，是幸好卡麗娜小姐穿著剛才的服裝，趴在床上生悶氣。

我有用地圖看過狀態喔，狀態不是「睡眠」所以應該沒在睡。

我確認卡麗娜小姐清醒之後，利用風魔法「密談空間」隔絕聲音，再用「理力之手」的魔法從房間裡面打開房門。

這個連段用來犯罪真的很可怕，不過要是能同時使用「風魔法」「空間魔法」和「術理魔法」，就算不走歪路也是大有可為。

我胡思亂想著走進臥房。

拉卡在桌上閃爍著藍光。

看拉卡閃爍的程度，應該有發現我闖入臥房，但沒打算警告卡麗娜小姐，只是保持沉默。

「卡麗娜大人，聽說您身體欠安，請問當下感覺如何？」

我在卡麗娜小姐的枕邊輕聲細語。

卡麗娜小姐嚇得跳起來，縮到大床邊邊的床頭板去。

糟糕，我開鎖的時候消除了聲音，不自覺連走路都踮腳尖了……

這時候就裝傻吧。

「我嚇到您了嗎？」

卡麗娜小姐眼眶紅，但是臉更紅，張嘴瞪眼說不出話。

……有那麼吃驚嗎？

打輸之後不甘心的眼淚，讓那動人的雙眸勾魂到極點。

我趕快回想雅潔小姐來克制慾望。

「請別動。」

「……好……」

卡麗娜小姐詭異地東張西望之後，下定決心閉起眼睛。

我掏出手帕假裝擦她的眼角，其實用魔法治好她的紅眼，這下就行了。

卡麗娜小姐閉著眼，拉卡也被我擋住，沒看到我發動魔法，應該沒問題。

但是擦完之後，卡麗娜小姐還是閉著眼。

——破綻百出啊。

如果我是肉食男子，就直接吻上去推倒了喔！

「擦好了，您可以睜眼啦。」

卡麗娜小姐眨眨眼，看著我發愣。

一看到我突然就發火，氣得嘴嘟嘟。

「佐藤壞心眼！」

卡麗娜小姐拿枕頭砸我的臉。

我被枕頭擊中，眼前出現獲得稱號的紀錄。

>獲得稱號「魔法盜賊」。

>獲得稱號「寂靜的入侵者」。

>獲得稱號「偷心賊」。

……最後一個稱號，我想退貨。

◆

「好菜送來了喲！」

「炸雞山脈～？」

波奇跟小玉大喊著衝進房間。

我正愁著該怎麼應付氣呼呼又嬌滴滴的卡麗娜小姐，真是得救了。

「卡麗娜～？」

「卡麗娜開門了喲！天岩作戰好棒喲！」

哎呀，天岩戶作戰還沒發動好嗎？

小玉跟波奇開心地抱緊卡麗娜小姐。

我看卡麗娜小姐向兩人道歉，又看看兩人送來的大餐盤。

「嗯，好香的味道。」

「不能偷吃喲！」

我想確認做得好不好吃，結果被波奇罵了。

「試吃，我這叫試吃啊。」

「試吃就沒話說了喲。」

「小玉也試吃～？」

「波奇試吃，不剩一粒喲！」

波奇，那叫不遺餘力啦。

我從小玉扛的那盤炸雞頂端，拿了兩塊塞進小玉跟波奇嘴裡。

接著自己也吃一塊。

露露的功夫更好了。可能比烹飪技能封頂的我還厲害喔？

我身邊的卡麗娜小姐羨慕地看著波奇跟小玉，還微微張嘴，我也送了她一塊。

卡麗娜小姐被我偷塞炸雞，邊嚼邊抗議。

但是小姐沒動手打我，代表吃進嘴裡的炸雞無辜。

接著是蜜雅，然後亞里沙回來了。

兩人披著大斗篷，我不敢問底下穿了什麼。

「有罪。」

蜜雅一感覺到卡麗娜小姐給人的感覺，立刻給我冠上莫須有的罪名，我要說妳們才有罪啊。

「哎呀，已經把奶——呃，卡麗娜大人引出房間了嗎？」

亞里沙措辭不當，我還是點頭肯定。

「虧我穿了這套迷死人的。」「晚上。」「啊，對喔！」亞里沙跟蜜雅悄悄地交頭接耳，我完全忽略這段危險對話。

好啦，既然菜都上了，那就開桌吧？

「嗯，不愧是迷宮都市頂尖大廚的好菜。」

「好吃，想不到竟然能在飛空艇上吃到夢幻名廚的好菜啊。」

露露做了宴會餐，祕銀探索家們吃了讚不絕口。

宴會大餐菜色眾多，所以我們邀請其他探索家，在飛空艇的大餐廳裡開餐會。

參加人數超乎預期，所以請飛空艇廚房支援補充菜色，但大部分食材都是我自行攜帶。

搭這班飛空艇的祕銀探索家們幾乎都是男性，倒也有七八名女性。

我想女性探索家應該可以跟卡麗娜小姐交朋友，可惜事與願違。

艾莉娜跟新人妹坐鎮一個桌角，大吃大喝。

卡麗娜小姐的魔乳和美貌，不斷吸引大批的男探索家聚集，但是卡麗娜小姐碰到人群就會驚恐，所以由我擔任經紀人，一次不得有兩人以上靠近。

大家都進攻過一圈後，男探索家們才發現卡麗娜小姐流水無情，就改進攻女侍者們了。

娜娜也被男人們包圍，不過還是老樣子，面無表情應付過來。這些大男人外表不夠嫩，無法突破娜娜的銅牆鐵壁啊。

當男人都退下之後，我把餐會上認識的女探索家介紹給卡麗娜小姐，但是每個都話不投機，聊不起來。

難得對方也挺喜歡卡麗娜小姐的，為何說話總要帶刺呢？我真想問清楚。

幸好女探索家們只是苦笑，沒有太計較。

「等一下，不要貼著主人啊！」

「嗯，禁止黏巴達。」

亞里沙跟蜜雅發現女探索家們喜歡來貼我，連忙介入。

嗯，人家有貼那麼緊嗎？

而且卡麗娜小姐看到亞里沙跟蜜雅介入，好像莫名開心。

或許卡麗娜小姐是看我跟女探索家們貼太近，講話才那麼冷。

往後要幫卡麗娜小姐介紹朋友的時候，還是小心點吧。

餐廳面積還算大，蜜雅在角落上奏起音樂。

好像是某個探索家拜託蜜雅，演奏希嘉王國社交舞的名舞曲。

男女探索家們開始跟著音樂起舞。

大家都沒有練習，所以跳得頗為生澀。

「可別笑人家啊，大家不像少爺或傑利爾他們一樣位高權重，只是想趁抵達王都之前練個舞啦。」

一個三十歲左右的女探索家，幫不會跳舞的探索家們說話。

大家到了王都，想必會受邀參加各大貴族舉辦的宴會，就怕在宴會上丟臉，大家才要練習社交舞。

——正好。

機會難得，讓卡麗娜小姐也練個舞吧。

我們在公都的時候一起跳過很多次，但是講白了，小姐真的很不會跳舞。

在希嘉王國徵婚就必須會跳舞，希望卡麗娜小姐多加油。

「來，請卡麗娜小姐與我共舞。」

「我、我才不跳。」

「不行喔，再說要是現在踩了我的腳，有人會罵，有人會笑，還有人會失望喔。」

「可是……」

卡麗娜小姐怯場，我牽起她的手。

「跟我練舞，您不喜歡嗎？」

我把臉湊上前，嚴肅地說服她。

「哪、哪裡——哪裡會討厭呢。」

卡麗娜小姐嚇得往後彈開，但滿臉通紅，然後用蚊子叫的聲音答應練舞。

這跟我預料的反應不太一樣，不過有意思要練舞就好。

亞里沙跟蜜雅高聲抗議，但我答應先跟卡麗娜小姐練舞，之後換她們，她們就答應了。

至於卡麗娜小姐練完的下一棒，是今天努力準備宴會的露露。

「卡麗娜小姐，身體請再貼近一點。」

「好、好的……嗚嗚，好害羞啊。」

害羞的卡麗娜小姐讓我有點心癢，不過我們先專心跳舞吧。

佐藤，專心。

千萬不要專注在蹭著自己胸口的世界奇觀，不行喔。

我閃著蜜雅凶狠的目光，教卡麗娜小姐跳舞。

「這就對了，很好喔。」

「……哪、哪裡。」

卡麗娜小姐有任何進步，我就馬上誇獎，消除她對跳舞的恐懼感。

「請別擔心看不見自己的腳。」

卡麗娜小姐的雙峰太雄偉，跳舞的時候無法確認自己的腳步，所以才格外擔心啊。

如果要降低卡麗娜小姐的恐懼——對了！

「請回想戰鬥中的步法吧。」

「是、是這樣嗎？」

「對，就是這樣。」

我搭配武術的步法來教跳舞，卡麗娜小姐愈來愈上手。

說真的一點都不優雅，但是跳得又快又靈活。

再來只要多習慣就好了。

跟卡麗娜小姐跳完之後，接著是跟露露和我家其他女孩跳舞，最後還跟碧娜她們，甚至跟女探索家們跳了舞。

而且我不懂，怎麼到最後還要教男探索家們跳舞呢？

搞得有點費神，不過這點小事可以賣男探索家們人情，挺划算的。

不過我在教男探索家們練舞步的時候，旁觀的亞里沙竟然相當亢奮，這讓我感到無言。

◆

「少爺！觀景室開放了，我現在要過去，各位要不要同行啊？」

舞跳完之後大家解散，一名女探索家提出這個建議。

「不錯啊，我們走吧。」

機會難得，大家就前往船首的觀景室。

我們剛才吃飯跳舞的餐廳在船尾，所以距離頗遠。

走道窄得像是潛水艇，走著走著，突然發現眼角常駐的雷達出現紅色光點，是地面上的魔物和盜賊。

我就先打開選單的雷達設定視窗，改變搜尋條件，只顯示等級十以上的飛行類魔物會顯示紅色光點，因為這才對飛空艇有威脅。

至於想殺我的對手，還是保持顯示紅色光點吧。

——嗯？

附近就有紅色光點。

仔細一看，紅色光點原來是飛空艇的護衛，三名飛龍騎士所騎乘的飛龍。

看來改變設定的時候，也解除了排除從魔的設定。

我對自己的失誤苦笑，進行設定，排除從魔。

前往觀景室的路上有飛行類魔物飛向飛空艇，但是在靠近之前就被飛龍騎士們趕走了。

「好大～？」

「整面都是玻璃喲。」

「真是太美了啊！」

船首觀景室有兩層樓，全面的玻璃落地窗。

飛空艇害怕鳥擊，所以落地窗可不是普通玻璃，而是水晶包覆鐵絲網。

飛空艇本身有裝載魔力屏障產生裝置，可以產生術理魔法系的「防禦壁」，但是魔力消耗量很大，所以只有發生戰鬥才會啟動。

土魔法「石製結構物」可以輕鬆加工水晶，如果沒有這個魔法就無法打造這間觀景室。

就算觀景室有兩層樓，基本上還是挑高的一間，二樓的面積只有一樓的六分之一左右，相當於空中庭園。

「我想起蕾伊她們的故鄉了。」

亞里沙聊起南洋拉拉其埃事件所認識的蕾亞妮等人。

「等王都的事情辦完，我們再去玩吧。」

我每天晚上都會用空間魔法「遠話」向雅潔小姐道晚安，也會跟蕾伊姐妹聊聊近況，但是最近一次去波爾艾南森林，已經是之前跟亞里沙她們討伐「樓層之主」路過的時候了。

「主人，我被警告不准進入二樓露臺了。」

娜娜垂頭喪氣地來報告。

從她走來的方向看去，比斯塔爾公爵領的騎士們，正在通往二樓露臺的樓梯口站哨。

看來跟公爵的妻妾們和千金們，以及同行的達官貴人，占領了二樓露臺。妻妾們也請了傑利爾先生同坐。

AR顯示很多個「夫人」稱號，我搜尋一下，竟然有十一個。

其中三個年紀跟公爵差不多，但是老少都有，我這裡可以看見一個最年輕的，應該跟娜娜差不多。用地圖確認年齡，才十七歲。

比飛空艇上的公爵長女還要年輕。

與公爵同行的千金有七位，一半以上跟露露一樣只有十四歲，還不到十五成年。

我看就不要太追究公爵家裡夜夜笙歌的事情了。

「等等就看膩了，我們晚點再看。」

「是的，主人。」

娜娜點頭，跟其他同伴們前往可以看風景的位置。

「母親，每艘飛空艇的觀景室，都有這樣美妙的景色嗎？」

「這個呢，我搭過希嘉王國所有飛空艇，但是第一次看到這樣，陽光、綠地和藍天一氣呵成的露臺呢。」

「難道國王陛下聘了新的藝術家？」

「真希望公爵城的行宮也有這種露臺啊。」

我用順風耳技能，聽見千金跟妻妾們稱讚露臺的景色。

我也是嘗試了很多次才完成這個設計，聽人家讚不絕口，還挺得意呢。

「好美～？」

「真是有夠飛嗨天翻的喲！」

小玉跟波奇貼在觀景室的玻璃窗上，開心地欣賞景色。

然後我不太清楚波奇剛才到底想說什麼。

卡麗娜小姐和隨從們，也是興致高昂地貼在窗邊。

「佐藤。」

「主人，好像可以從那道門上甲板。」

蜜雅跟莉薩向我報告。

「可以走到外面嗎？」

「主人，外面風大，我這麼報告道。」

露露和娜娜看到甲板前方豎著旗桿，上面的訊號旗隨風飄舞。

「沒關係吧？妳看，走在陽台上的人，頭髮都沒動啊。」

亞里沙說的沒錯，我用之前剛弄到的「讀風」技能觀察風向。

看來陽台四周有用風魔法控制氣流，所以不怕強風。

「看來沒關係，我們去看看。」

我說了，就帶大家走過觀景室的雙重門，來到可以俯瞰甲板的陽台上。下面兩公尺就是甲板。

「主人！這裡景觀好！我這麼報告道！」

娜娜跑到船舷外邊的陽台角落喊我。

那裡可以俯瞰地面。

個頭小的小玉跟波奇攀在欄杆上，一起加入眺望行列。

天不怕地不怕的卡麗娜小姐也想攀上欄杆，結果被侍女碧娜罵了。

「好讚～？」

「真是有夠有夠嗨嗨喲！」

搞不好波奇剛才想說的是嗨翻天。

「危險喔。」莉薩警告，拉住小玉跟波奇的腰帶。

「……■　召喚信鴿。」

我用順風耳技能聽到有人詠唱，回頭一看，比斯塔爾公爵領的一個高官，正好用魔法放出信鴿。

ＡＲ顯示他有召喚魔法技能。

我盯著他發呆，他卻主動告訴我「我要定時聯絡王都大宅」，然後就快步回到觀景室去了。

這個頗可疑的男子走了之後，有個身穿華貴禮服的女童衝上陽台來。

「哇啊——露臺是厲害，這裡也好棒啊！婆婆說是不是？」

「小姐，在這裡奔跑很危險的。」

「沒事，有什麼危險，我會救助小姐。」

女童後面跟著老奶媽和女騎士。

ＡＲ顯示告訴我，這是比斯塔爾公爵的小女兒。

興高采烈的小千金發現我，不對，應該是看我後面。

「耳族！」

女童一喊就跑過我身邊，好奇地在小玉跟波奇身邊盯著看。

「是真的嗎？」

「真的～？」

「是真的耳族嗎？」

「當然是真的喲！波奇是狗耳族喲！」

「小玉是貓耳族～？」

小玉跟波奇剛開始還怕生，但是發現小千金沒有惡意，就老實回話。

「小姐，別和亞人走得太近了。」

奶媽好像歧視亞人，看到小千金要摸小玉跟波奇的耳朵，就勸小千金離開。

「圖里葉哥哥說過，不能因為種族不同，就瞧不起人類之外的種族啊。」

「又這麼說了……要是被公爵責罵，婆婆可不管啊。」

「沒問題！父親才不會罵我呢！」

小千金說得胸有成竹。

「索米葉娜，原來妳在這裡啊。」

「聽說可以在船內參觀，妳不是也說過想看嗎？」

「哎呀，真棒！」

兩個姊姊來找小千金去船內參觀。

兩個姊姊感覺比亞里沙年長一點。

「對了！波奇跟小玉也一起來吧！」

「喵？」

「可以喲？」

小玉跟波奇抬頭問我。

我是想讓小朋友們自己去玩，不過對方是剛認識的上級貴族——而且還是想跟我打對台的比斯塔爾公爵家，讓她們倆自己去跟千金們玩，我覺得會惹事。

「不得對索米葉娜大人無禮。真對不——」

「這位怎麼稱呼？」

「我是穆諾男爵家臣，佐藤・潘德拉剛榮譽士爵。」

小千金打斷我的話問我名字，我就回答了。

「是喔，佐藤啊，你也跟著來，這樣就不擔心了吧？兩位姊姊，可以吧？」

這小女童還真機靈。

這下沒理由拒絕了，兩位姊姊也苦笑答應，我就趁這個機會同行。

其他同伴也想同行，但是導覽員說人數太多，拒絕了，

等導覽員給小千金們帶路參觀完之後，才輪到我的同伴們參觀。

「我想是不用擔心，不過主人別外遇喔。」

「嗯，嚴禁。」

亞里沙跟蜜雅看了胸前沒料的女騎士，還是警告我一下。

我對她們說不必擔心，就帶著小玉跟波奇一起去船內參觀。

小千金突然冒出來，讓我忘了剛才召喚鴿子的高官，現在搜尋看看。

高官只有等級七，但是除了召喚魔法之外還有很多事務類技能。亞里沙說魔法類技能需要比較多技能點數，所以應該不必太擔心。

不過保險起見，在抵達王都之前還是給他上個標記吧。

◆

「這裡就是操縱飛空艇的艦橋了。」

我們被帶到船頭的艦橋之中。

從陽台上看不到艦橋，會被甲板擋住，總之艦橋就在剛才的觀景室附近。

「腳底下也是透明玻璃呢。」

「哎呀，好嚇人哪。」

為了達成目視飛行，艦橋結構就像插在一隻玻璃管裡面。

一旦與魔物發生交戰，周圍就會關上裝甲板，觀測員從小窗裡觀測航行。

「這艘最新式的飛空艇與先前的飛空艇不同——」

導覽員介紹了船長，船長開始說起飛空艇的詳情。

船長熱情地解釋，這艘飛空艇的機制很先進，能夠從艦橋集中控制整艘船，但是小千金們興趣缺缺，船長也垂頭喪氣。

然後船長看到雷達手和舵手吸引小千金們的興趣，就露出嫉妒的眼神，拜託不要好嗎？

「我、我們就別打擾大家開船了，去下個地方吧。」

導覽員看情況不妙，連忙帶小千金們前往下個地點。

離開艦橋走在走道上——

「公爵請三思，別廢了圖里葉大人的嫡位，只有長子繼位，公爵領才能長治久——」

「囉嗦！那蠢材盲信蠻人，讓領內各村陷入危險，怎麼能傳位於他！」

稍稍聽見前面轉角有人在爭執的聲音。

其中一個聲音我聽過，就是比斯塔爾公爵。

其他孩子沒有順風耳技能，聽不清楚內容，但是聽得出口氣在爭執，所以有點擔心，此時護衛女騎士上前護在小千金們面前。

「屬下認為那並非蠻——嗯，猿人族戰士，而是被部落放逐的盜賊——」

「村民們的父母兒女被殺，你就拿這低劣的藉口去說服他們吧！等村民們拿鋤頭劈了你的空腦袋，裡面才能多裝點東西！」

氣沖沖的公爵帶了幾個隨從，從轉角走了出來。

就算飛空艇上有噪音，這個距離還聽不清楚他的聲音，有點詭異。

「關了防諜裝置吧——」

公爵說完，說話聲又恢復正常了。

「——索米葉娜，在船上參觀啊？」

公爵的口氣突然又軟又輕，根本無法聯想剛才的凶神惡煞。

「是、是呀，姊姊們找我來的。」

「這樣啊，開心玩吧。」

「是的，父親。」

公爵說了，摸摸小千金的頭，就帶著騎士跟隨從前往艦橋。

公爵也有向兩個姊姊說話，但是沒有像小千金那樣親暱，看來最小的小千金最得比斯塔爾公爵寵。

而我就陪在最得寵的小千金旁邊，加上比斯塔爾公爵本來就討厭我，所以擦肩的時候被他狠狠瞪了一眼。

「那我們走吧。」

貼在牆上銷聲匿跡的導覽員總算開口，繼續開始導覽。

走過轉角，發現剛才惹火公爵的高官，正跟同事說些什麼，我們從旁經過。

我很在乎雷達上的標記，這個高官就是剛才在陽台上放信鴿的召喚魔法使。

同事離開之後，這高官還是留在原地，嘴裡嘀咕說：「真的是，別無他法啊……」感覺頗可疑。

麻煩家醜在家裡鬧就好了喔。

「這裡的戒備十分森嚴哪。」

「沒錯，這裡是飛空艇製造魔力屏障的設備，自然要避免奸賊潛入。」

女騎士說了感想，導覽員解釋原因。

「這套設備規模真大，或許比要塞裡的魔力屏障還大呢。」

「沒錯。飛空艇重量愈重，飛行需要的燃料就愈多，與其安裝厚重裝甲板，不如使用能夠看狀況增加防禦力的魔力屏障。」

導覽員詳細解釋，女騎士聽得津津有味。

不愧是軍人，女騎士對這種設備特別有興趣。

「那根粗大的管子，是什麼用途？」

「那個嗎？是什麼來著？抱歉，我之後問問清楚的人。」

導覽員無法回答的那根管子，其實是魔力傳遞管線，連接緊急動作控制噴射器。

這組噴射器只能用一次，用途是閃避那些靠轉舵閃不掉的攻擊。加速功能還不錯，但是噴射時間很短，只要乘客不在觀景室或機庫這種寬廣地點，就不至於跌倒受傷。通常在使用噴射器之前，應該會全艦廣播警告才對。

「這是新型飛空艇的亮點，最新型的雙重反轉式空力機關，只要像這樣交互旋轉——」

接著我們前往輪機室，依序參觀魔力爐、雙重反轉式空力機關，以及推進器。

在空力機關這邊，輪機長又重蹈船長的覆轍。我知道他很想長篇大論，所以打算抵達王都之後找他喝個酒，聽他聊聊飛空艇的事情。

「啪達啪達～？」

「抖抖晃晃的喲。」

「對，那就是飛空艇的船舵，推進器噴出氣流吹到這片大舵上，轉動舵片就可以改變飛空艇的航向了。」

小玉跟波奇貼在走道的小窗邊，導覽員告訴她們舵（垂直尾翼）的功能。

魔法攻擊經常瞄準舵下手，所以舵片的材料有很高的魔法抗性，可以承受幾發中級以上的魔法攻擊，連我的「理力之手」都無法影響舵片。

裝在穩定翼上的高浮力裝置襟翼，以及幫助翻滾用的副翼，也使用相同材料做成。

「碰到緊急狀況呢，可以在舵片上的控制室直接手動捲收纜繩，控制舵片。」

這纜繩的材料也是跟舵片一樣。

我不能說飛空艇是我自己做的，就可惜無法跟別人炫耀了。

另外呢，推進器大手筆用了我在黑龍山脈風洞找到的巨大風石。

「哎呀？好像有小船呢，那是什麼？」

「那是逃生艇，緊急的時候可以讓重要人物逃往安全地點。」

後甲板旁邊的機庫裡，停了兩艘十六人座的逃生艇。

逃生艇有裝配減緩降落速度的魔法裝置，裝置上有比空力機關規格差一點的鰭板，就算從高空跌落也相當安全。

飛空艇裝配許多空力機關，然而一旦毀損就會迅速墜落，幾乎來不及逃生，所以飛空艇的逃生艇，無法像海上逃生艇那樣等待數十人搭乘才出發。

導覽就到此結束，我們在後甲板前方的通道上折返，要回去觀景室。

——嗯？

看看雷達，後甲板上有光點。

那是剛才惹火比斯塔爾公爵的高官。

我懷疑他有什麼不良企圖，從通道的小窗觀察後甲板，發現高官身邊還有個女子。

根據地圖情報，女子名叫列妲，是比斯塔爾的夫人之一。

還以為她兒子就是即將被廢位的大公子圖里葉，結果不是，她還要更年輕。

「——呃。」

只見高官送了夫人什麼東西，夫人激動地抱緊高官，兩人熱吻起來，我看這就是偷情現場了。

「佐藤，你看見什麼有趣的事情了？」

「沒有，已經看不見了。」

小朋友們開始好奇，我隨口敷衍，回到觀景室。

◆

『本艦即將進入征翼關，風魔法使們會進行驅趕魔物的魔法儀式，乘客們若是覺得刺耳，請進入艦內隔音室或貴賓區稍候。』

船內廣播重複了三次之後，綁著安全繩的風魔法使們來到甲板上。

雷達光點顯示，剛才霸占露臺的夫人們已經撤回貴賓區去了。

我靠在陽台的欄杆上，靠聽力記住漫長的儀式魔法內容，等待發動。

——PYWEEE。

魔法一發動，就聽見疑似鳥類魔物的咆哮。

應該是那個聲音會驅離魔物吧。

地圖光點顯示，光點不是離開就是停下來。

效果好像還不錯，我們搭乘的飛空艇沒有遭到飛行魔物攻擊，成功飛越王都前最後一道難關，重重的山脈。

「漂亮～好多花～？」

「那些藍色的花嗎？是什麼花呢——」

我感覺到亞里沙無詠唱發動空間魔法，應該是用了「遠見」魔法。

「不是紫色而是水藍色，長得好像蓮花喔。」

地圖的詳細資訊顯示這種花叫做「青蓮花」，我就告訴亞里沙說：「是蓮花沒錯喔。」

「哎呀？主人，那些像電線杆一樣排成一排的是什麼？」

亞里沙指著蓮花園前面的圓柱。

「那是結界柱啦。王都周圍有一圈結界柱包圍，而且花了好幾百年擴展範圍，慢慢增加安全的耕地喔。」

這是從王都越後屋商會成員那裡聽來的。

不過也是有些魔物可以突破結界柱的驅魔效果，不然就是結界範圍裡本來就還躲著魔物，所以不能說是絕對安全的地區。

像我就在御用牧場裡被魔物攻擊過。

即使如此，我在富庶的歐尤果克公爵領裡面，也沒見過這麼大的農田。

從河川與水道來看，這裡的田不是水田而是麥田，有這樣大的耕作面積，應該能輕鬆養活王都的人口。

「主人，高度下降，我這麼報告道。」

飛空艇在征翼關之前都還是高空飛行，現在下降到兩百公尺左右。

「真的呢，王都附近的魔物不多，或許也就沒必要高飛了。」

兩百公尺高度，就算是賊人想攻擊飛空艇，弓箭和魔法的有效射程也到不了。

我想軍用的魔力砲應該打得到，但是要準備具有大型魔力爐的魔力砲，騙過王國軍運到這一帶來，應該很困難。

「這個高度就可以清楚看到地面了。」

「對啊，可以看到森林裡有圓圓的肥豬呢。」

莉薩雙眼發亮，但是露露不知道該怎麼回，只好苦笑。

這裡是王都附近的平原，不過在抵達王都之前還是有幾座山、幾道谷，所以還看不到王

都。不過通往王都的馬路上，倒是有很多馬車與行人。

「好和平啊～」

「悠哉啊～」

「好閒的喲。」

同伴們坐在陽台的長凳上，曬著和煦的陽光，欣賞和平的景色。

好吧，只要平安無事，很快就到王都了。

造反的天空

「『效忠領主，守護領民，武夫之榮譽也』一直是我的人生宗旨。想不到我竟要為了領地的將來，對自己理當效忠的領主下毒手……」

「閣下……我等現在就要造反。」

會議室牆上掛的比斯塔爾公爵肖像畫正被拆下，有一名男子仰望著畫喃喃自語。

這裡是比斯塔爾公爵的打獵行館，位於征翼關和王都之間，公爵在王都停留的期間，就會邀請貴族們一起來此獵魔物，所以戒備森嚴有如要塞。

碰到過年期間的王國會議時期，這裡通常會擠滿了僕傭，但是今天一個都沒看到，只有身穿比斯塔爾公爵領軍軍服的軍人們，表情嚴肅地來來去去。

「隊長，肖像畫換好了。」

「辛苦。」

年輕的小兵報告，隊長點頭。

小兵抱著拆下的比斯塔爾公爵肖像畫離開。

原本掛著公爵肖像畫的位置，換上了大公子圖里葉的肖像畫。

這應該是他們決定效忠新主公的表現。

「隊長！莫桑閣下從飛空艇派信鴿來了！」

副官抱著信鴿衝進會議室。

副官收下信鴿，這是用召喚魔法叫出的信鴿。

從綁在腳上的通信筒中取出摺得小小的信過目。

「『晚了一小時許，自迷宮都市出發，不知何時抵達打獵行館上空』嗎……也好，晚這一點不會影響策略執行。」

隊長嚴肅地嘀咕著。

「不過，這樣真的好嗎……一旦失敗，別說我們的人頭，就連國內的家人都要吃上叛亂罪啊……」

副官憂心忡忡地問隊長。

「別說了。『大亂世即將到來，天下必定動盪，正如聖王與沙珈帝國初代勇者建造國家的世代』——就算扛起叛賊的臭名，也要滅了公爵閣下，讓眼光遠大的圖里葉大人成為公爵，否則未來無望。」

「是夏洛利克殿下的名言對吧……這個『大亂世』真的會來嗎？」
副官想起三王子夏洛利克刻薄的長相，這麼說了。
「會。我才疏學淺無法理解，但是圖里葉大人有明確證據，相信夏洛利克殿下所說的『大亂世』一定會來。」
隊長堅定地回答副官的問題。
「就是知道會來，圖里葉大人才會尊重亞人，並領著鼬帝國人進入自己擔任太守的城市來。」
「但就是為了弄到這根『螺絲』，才惹火了公爵閣下啊。」
這支「螺絲」有成年人的手臂那麼粗，只要鑽進魔物的腦袋，就能讓凶殘的魔物乖乖聽命，是相當可怕的魔法道具。
鼬帝國就是靠這「螺絲」讓人員鑽進魔巨人體內，建立駕控魔巨人的部隊，短短二十年就將小小國家，振興為統整大陸東部亞人國家的大帝國。
強悍的獅子人和鱗族，國家都遭到併呑，連虎人族的國家也在幾年前被消滅。
「厭惡亞人的公爵閣下，自然不懂『螺絲』的用途，只要讓閣下看看『螺絲』的功能，應該能說服——」
「沒用。」

隊長硬是打斷副官的話。

想了想之後，隊長繼續說。

「圖里葉大人不可能沒向公爵閣下提起『螺絲』和駕控魔巨人的事情，可見閣下明知道這些，還是不想與鼬人族聯手。」

「啊，原來如此……」

只有大公子圖里葉的親信才知道這些事，隊長轉告給副官知道。

比斯塔爾公爵要廢除大公子圖里葉的藉口是「邊境村莊遭到猿人族攻擊，死傷慘重」，其實就是鼬人族技師實驗新技術，猿人族遭到迫害才會報復。

「我等要為圖里葉大人的王道披荊斬棘。既然你心意已堅，就在集合小隊長之前，確認從魔們的狀態。有『螺絲』應該萬無一失，但小心駛得萬年船啊。」

「了解，地底下的那個，是不是也確認過比較好？」

副官問清楚之後，恢復以往戰意高昂的表情。

這下就能放心交給此人輔佐了。

「好，有勞。從迷宮都市聘來的訓練師應該有在照顧，但是他們對自己的訓練技術太過自信，要嚴密監控，免得他們拔了『螺絲』。」

「明白。我們可是用了七支『螺絲』才抓到牠，一想到牠造反，真是寒毛直豎啊。」

「說得對。」

副官敬禮之後，前往收容從魔們的巨大機庫。

「準備了這麼大批兵力，應該是用不到牠……但是那飛空艇上有聲名顯赫的『紅色貴公子』傑利爾准男爵，還有大批的祕銀探索家，準備還是愈齊全愈好……」

隊長望向飛空艇預定前來的方位，喃喃自語。

◆

「感謝在座各位齊聚一堂，為比斯塔爾公爵領的未來奮戰。」

隊長說了，看看眼前列隊的小隊長們。

「比斯塔爾公爵，乃是恩重如山的當家主公，想必許多人不願誅殺主公，但為了領地安寧，不得不做。」

大多數小隊長都平心靜氣，只有少數顯得愁眉苦臉。

這也是難免，因為領地裡的人民只要反抗領主，罪該萬死。

而且不是普通的死刑，一人犯下叛亂罪，連誅九族。

「為了比斯塔爾公爵領的未來，請各位將赤膽忠心交給我——不對，交給圖里葉大人！」

隊長看看四周，確定沒有小隊長抗議，簡短說了聲謝。

「那，就再次向各位說明作戰綱領。」

會議室中央的大桌上，畫著打獵行館周邊的地圖。

行館位於征翼關和王都之間，就算派遣行動迅速的飛龍騎士，也得花四個半小時才能趕到。

「第一作戰目標，是暗殺比斯塔爾公爵閣下。」

隊長說了看看小隊長。

「在領地內絕對辦不到，但是這裡遠離領地，『領主之力』影響不及。我等將擊墜飛空艇，誅殺公爵閣下。」

所有人都知道領地內有都市核的力量保護，想殺死領主難如登天。當恐怖的魔族攻打公爵城，公爵就用了「領主之力」將魔族攆出城外。

「第二目標，是搶回索米葉娜大人及其娘親，這就用飛空艇的逃生艇進行。」

──其實真正的目標，是小小姐索米葉娜收藏在「寶物庫」裡的「小聖杯」。

圖里葉大公子的母親以及親妹妹索米葉娜當然都很重要，但是對大公子來說「小聖杯」更加重要。

就隊長所知，「小聖杯」只是吸收領地內瘴氣加以淨化的魔法道具，應該不怎麼獨特，但是下達作戰指令的圖里葉大公子卻耳提面命，搶回「小聖杯」才是第一優先。

「第三目標才是公爵夫人和各位小姐們，至於潛入飛空艇的同志們，就別考慮要救了。」

「要拋棄同志嗎？」

「只要派幾個突擊槍甲蟲騎兵過去——」

「不了，圖里葉大人有拿私藏的逃脫魔法道具，分發給船上的同志們，不必擔心。」

小隊長有點責怪隊長，隊長則是反駁。

「私藏的魔法道具？」

「對，可以抵抗魔導炸彈的爆炸，活著回到地面，相當厲害。」

「竟然有這種東西……」「不愧是圖里葉大人。」小隊長們讚嘆連連。

其實這私藏的魔法道具名叫「魔人心臟」，是比斯達爾公爵領內迷宮枯竭之前挖掘出來的禁忌道具，裝備者可以獲得接近魔人藥末期狀態的能力。

隊長內心想，這個詛咒裝備只要裝上就再也拆不下來，否則早就給突擊槍甲蟲騎兵們裝了。

隊長說完作戰目標之後，繼續說明作戰手續。

「首先要讓索米葉娜大人和夫人搭上逃生艇逃走，逃生艇無法飛行太久，所以作戰一發動，副官就率領馬車前去接應。」

隊長指著一張飛空艇的草圖，搭配周邊地形圖，繼續解釋。

「確認逃生艇出發之後，地上的從魔就會進行砲擊，破壞飛空艇的魔力屏障，直接擊墜也無妨。」

砲擊部隊的小隊長聽了最後這句，咧嘴奸笑。

擬定作戰的參謀們原本是想，要擊墜高空中的飛空艇並不容易。

即使飛空艇通過征翼關之後，巡航高度會降低，還是在有效射程的最外圍。

「一旦開始砲擊，突擊槍甲蟲騎兵隊就起飛，引開護衛飛空艇的飛龍騎士們。要等飛龍騎士被拉得夠遠了，才能擊墜騎士。」

突擊槍甲蟲騎兵隊的小隊長點頭。

「只要飛龍騎士一離開，就發射所有『噴進樹』，確實摧毀飛空艇。」

嚴肅的噴進樹隊隊長大聲回答：「遵命！」

噴進樹部隊跟其他部隊不同，發射之後就無人操控，只能仰賴本身的飛行性能，專門用來衝撞巨大飛行物體。

「當我等發動攻擊，潛入飛空艇中的同志們將會暗殺公爵，破壞飛空艇的艦橋、輪機、燃料、操縱設備以及砲塔等等。」

有專門特務會暗殺公爵，破壞工作則使用鼬帝國製的拋棄式魔法道具，稱為魔導炸彈。這個炸彈的威力相當於數發火彈，只能從飛空艇內部進行破壞。

「隊長，地底下的那個就不用了？」

坐在會議室角落的魔物訓練師發問，口氣頗差。

「那是最後手段，我不能用上不好控制的東西。」

隊長猶豫了一下才回答訓練師，然後詢問手下：「還有什麼要問？」

「隊長，我何時上場啊？」

砲擊觀測手發問，隊長回答：「砲擊開始就起飛。」

原本觀測手應該在砲擊開始前起飛，但是觀測手太早起飛，護衛飛空艇的飛龍騎士會起疑，那就不好了。

「一旦飛空艇緊急聯絡王都，王都和征翼關的飛龍騎士就會趕來。如果只是普通飛龍騎士，我方一打二都不成問題，但要是希嘉八劍的托列爾卿趕到，我們就算多十倍的突擊槍甲蟲騎兵都打不贏。這方面有什麼對策嗎？」

「不必擔心，潛入飛空艇的特務會在逃生艇發射之前，破壞緊急通訊機。」

突擊槍甲蟲騎兵靜靜點頭。

「隊長，要是逃生艇沒有離開飛空艇，該如何是好？」

「如果飛空艇行經本館上空，逃生艇依舊沒有發射，就強行發動作戰。」

隊長苦著臉說，盡力以第一目標為優先。

大家知道大公子的母親就是隊長的姊姊，都對隊長投以體諒的視線。

又問了幾個小問題之後，小隊長們就解散，去吩咐自己的隊員。

◆

「差不多了……」

比斯塔爾公爵領的高官，召喚魔法使莫桑，吹著風喃喃自語。

「終於到了敲喪鐘的時候啊。」

大型飛空艇飛向王都，莫桑在陽台上跟著一群低賤的探索家們看風景，看到森林那頭有一座熟悉的高塔。

莫桑用鏡子打光號，對方也閃光回應。

看來計畫沒變。

「……我也該準備了。」

守在陽台上的莫桑轉身離開。

如果不快點，人還沒到艦橋，飛空艇就要抵達打獵行館上空了。

走回觀景室的路上，發現心愛的列妲夫人站在觀景室二樓的露臺上，懷裡抱著莫桑交給她的魔笛，靜靜地看著莫桑。

——我交給她的任務太殘忍了。

莫桑固然後悔，但作戰優先，只能忍著淚別過頭。

就因為莫桑感慨莫名，要走進艙門的時候，差點撞上一名黑髮女孩。

「對不起——啊，請問，看您臉色不太好，您沒事吧？」

真是個好心女孩，莫桑回答沒事，敷衍過去。

「我的臉色可真差啊……」

莫桑從光亮的金屬門上看到自己的臉色，不禁自嘲。

『這艘船，馬上就要墜落了——』

莫桑沒有說出口，只是看看即將被他們牽連的人們。

陽台那頭有個貓耳族小孩東張西望，然後對旁邊的黑髮男孩說話。

莫桑突然有了不祥的預感，但只要不是天神，想必無法察覺潛伏在打獵行館中的同志們。

「可是……」

就算亞人汙穢低賤，牽連那樣的小孩實在令人難過……

「我不求原諒，到了陰曹地府，再來找我報仇吧。」

高官暗自嘀咕一句，搖搖頭，甩開迷惘。

我們必須立刻行動，以防萬一——

他沒有把話說完，就走去觀景室的那一頭。

◆

「飛空艇還沒來？」

隊長站在打獵行館的陽台上，盯著森林的那一頭低聲說。

「隊長！斥候回報，已經見到飛空艇，不要四刻半鐘就會通過本據點上空！」

「總算來啦——」

聽了副官報告，隊長使勁收起陰沉的表情，換上凶狠的笑容。

隊長轉身，走向走廊，俯瞰挑高的門廳，下屬已經整齊列隊。

「注意！作戰即將發動！我比斯塔爾公爵領之將來，取決於此一戰！各位要奮勇向前！」

「「「是！」」」

隊長訓話，下屬們堅定回應。

打獵行館境內倉庫開門，大批凶惡的魔物們插了螺絲成為從魔，接連現身。

這次攻擊主力是打頭陣的突擊槍甲蟲騎兵隊。

突擊槍甲蟲騎兵手拿火燕杖，多達十人，就算是希嘉王國的菁英飛龍騎士，區區三人也無法守住飛空艇。

而且為了提升作戰成功機率，魔法使們還對突擊槍甲蟲和騎兵們施加了多重支援魔法。

十人騎兵隊後面跟著幾隻搖晃著龐大身軀的魔物。

號稱威力超過投石器的「砲擊蛙」，體積比馬車還大的「岩射筒」，兩者對上裝甲薄弱的飛空艇，火力都是綽綽有餘。

圖里葉大公子老謀深算，還準備了三發壓箱寶，可以打穿魔力屏障的「破牆彈」。

「走近一看更是大得嚇人哪。」

副官望向長在院子裡的五棵大樹「噴進樹」，正沙沙作響，蓄勢待發。

先將飛天的飛龍打下來，在龍屍上播種，就會長出這種凶殘的樹木型魔物。

今天準備了五棵，但飛空艇動作緩慢，或許兩棵就足以擊墜。

另外還有會使用風魔法的砲擊觀測手，騎著「古老鴉」準備出動。

「戰力之強，都要同情敵方了。」

副官說得相當激動。

敵方啊……隊長想起飛空艇上的人，不久前還是他的同仁，只是默默點頭。

「作戰就此開始。砲擊蛙和岩射筒前往指定射擊位置，突擊槍甲蟲騎兵前往山坡，準備加速衝刺。」

隊長吩咐，眾人開始行動。

「彼此。」

「隊長，武運昌隆——」

副官敬禮，率領十四戰馬與兩輛四馬馬車前往大路。

當夫人們和持有「小聖杯」的小小姐索米葉娜從飛空艇逃出來，就要有人接應。

「報告！飛空艇來了！」

「好，一確認逃生艇出發，或是飛空艇抵達打獵行館正上方，就開始攻擊。」

觀察兵報告，隊長再次宣達開始攻擊的時間。

砲擊蛙和岩射筒已經就定位，砲管朝上，騎兵們的突擊槍甲蟲也已經振翅準備起飛。

受訓練師指示的噴進樹，已經展開樹根囤積魔力，隨時可以發射。

他們全都緊盯飛空艇的後甲板，等著逃生艇發射。

◆

「嗯？比斯塔爾公爵的──」

高官進了艦橋，船長就上前搭話。

船長不記得高官叫什麼，大副連忙說：「這位是召喚魔法使，莫桑文官。」

「請問莫桑閣下有何指教？公爵閣下已經回到貴賓室去了。」

「我明白，只是想稍微觀摩觀摩，是否方便？」

其實是無論作戰成敗，只要情況不對就破壞艦橋，這當然不能說。

大副看了莫桑臉色鐵青，對船長說莫桑方才惹火公爵，船長一臉同情地批准了觀摩要求。

莫桑來到觀測手後方往外看，觀測手正觀察魔法裝置「索敵盤」。

同志們埋伏的打獵行館近在眼前。

「船長，後甲板來報告，有貴族擅自搭乘逃生艇玩樂。」

「別管，隨他們去，吩咐後甲板船員不要失手發射逃生艇就好。」

「是，我吩咐下去。」

莫桑聽了這段話揚起嘴角。

看來索米葉娜大人和夫人已經順利搭上逃生艇了。

「嗯？這是出了錯嗎？」

觀測手看著飛空艇異常警示燈亮起，有些糊塗。

緊接著傳來沉重的金屬撞擊聲。

「這什麼聲音？」

「確認中──後甲板的逃生艇發射了。」

「什麼？防止誤射的安全鎖怎麼了？」

「好像，被人偷偷解除了。」

莫桑聽見船長與副官的交談。

『看來索米葉娜大人搭乘的逃生艇已經順利發射，現在可以進行作戰，無須掛心了。』

莫桑暗暗想道，然後伸手到懷裡暗藏的「魔法背包」，準備拿出魔導炸彈炸毀艦橋。

但是莫桑到一半就停手。

他心裡知道現在破壞艦橋，是支援同志的最佳時機。

但是，手卻不聽話。

如果現在使用魔導炸彈，碎片四射，就會打破後方觀景室的玻璃牆，可能傷及心愛的列姐夫人。想到這裡，莫桑就不敢動手。

『我真是窩囊啊——』

莫桑嘆了口氣，假裝頭暈倒在觀測手身上。

「抱歉，我頭有點暈——」

假裝使不上力，抓住了觀測手的手臂。

因為索敵盤應該會顯示出地上的同志們，要避免觀測手報告。

然而莫桑的企圖只是徒勞。

『有人進犯！前方斜下有反應！』

飛空艇的傳聲器傳出年輕男子的聲音。

觀測手甩開莫桑，回到索敵盤前面。

「右滿舵！」

「右滿舵！」

船長下令，舵手覆誦。

飛空艇緩緩改變航向，但應該是白費了。

因為眼前已經出現黑點般的砲彈，而且愈來愈大。

如果照計畫進行，這批砲彈裡面應該混著破牆彈。

「緊急機動！」

『全員注意，即將進行緊急機動——』

船長大喊一聲，大副立刻用傳聲器發出警告。

『——如果不想死，就抓緊附近的扶手！』

船長打斷大副，急得大吼。

船長一喊完就對舵手下令。

舵手猛敲控制台，飛空艇立刻橫向加速。

船長與船員已經就定位綁好安全帶，跌坐在地上的莫桑則只能摔出艦橋，撞在艦橋外圍的玻璃牆上。

——嚇，什麼？怎麼會有這麼猛的加速？

加速力道之強，莫桑只能驚訝地貼在玻璃牆上，動彈不得。

原本正面打來的砲彈，就這樣擦過飛空艇旁邊。

——竟然閃得過？

速度之快，莫桑啞口無言，這超乎想像的飛空艇性能令他震驚。

更訝異的是，船身承受這麼強的加速竟然沒有毀損。

「魔力爐，戰鬥功率！下方魔力屏障第一優先，最大輸出！魔力爐功率一有空檔，就給推進器加速！」

船長吩咐下去，船員們覆誦執行。

「損害報告！」

「輪機室沒有損害，貴賓室有多人抱怨，但是無人重傷。觀景室沒有損害。」

莫桑聽了最後這句，暗暗鬆了口氣。

看來他心愛的列妲夫人平安無事。

「看來沒有人從陽台上摔出去。」

「真是奇蹟啊。」

——荒唐。

才剛發布警告就緊急加速，身在飛空艇之中的列妲夫人也就算了，留在陽台上的人怎麼可能完全沒犧牲？

是老天保佑，還是惡魔捉弄呢——

莫桑撐起疼痛的身體，轉向地面上打獵行館的方位。

莫桑隔著玻璃牆往下看，飛空艇下方展開的魔力屏障變厚許多。

接著，看到噴進樹從地面上噴出煙霧衝了上來。

「船長！新的魔物來了！」

看來艦橋的人跟莫桑一樣看見了。

「右舷緊急機動！左滿舵！」

『全員注意！抓緊最近的扶手！』

莫桑四處張望有沒有地方抓。

他連忙攀著旁邊的船框，才鬆了口氣，卻發現魔導炸彈掉在玻璃牆上。

想必是剛才緊急一偏，他手上的魔導炸彈就掉了下來。

莫桑用力伸手去拿魔導炸彈。

「發動！」

舵手一喊，船身就像剛才一樣，往反方向猛烈加速。

莫桑抓緊船框，眼角看著噴進樹和大量砲彈掠過飛空艇旁邊。

「船長，緊急動作控制加速器，全數用罄！」

「這我知道！」

莫桑從玻璃牆抬頭往上看，發現噴進樹在天上反轉。

「船長！剛才的魔物又掉頭了！」

「變更優先順序！第一砲塔，第二推進器加速！魔力砲一完成充能，砲塔就擊墜魔物！」

聽見船長大吼之後，莫桑東張西望，卻沒看見魔導炸彈。

看來剛剛猛烈加速，炸彈掉去某個地方了。

一時不知道掉去哪裡，但是總不可能被人給拿走，肯定只是遺失了。

「下方大量反應！新的魔物來了！」

可以看見突擊槍甲蟲騎兵隊從森林裡起飛，同時地面上又射出一堆黑點，是第三波砲擊。

「嘖，到底是怎麼——」

船長說到一半，第三波砲彈就打中了飛空艇的魔力屏障。

「損害報告！」

「損害——」

震動不強。

看來這一波只是靠「破牆彈」打破了魔力屏障，沒打中船身。

「——為零！」

莫桑聽了目瞪口呆。

不可能。

「魔力屏障有衰退，但是健在！」

不可能，不可能。

比斯塔爾公爵領私藏的「破牆彈」竟然打不破這魔力屏障，理論上根本不可能。

難道王國瞞著公爵們，研發了新的魔力屏障……

「下方魔物，交戰！」

莫桑看到突擊槍甲蟲騎兵隊經過飛空艇旁邊，騎兵們用火燕杖射出強大火彈。

火彈染紅了飛空艇的魔力屏障。

在魔力屏障尚存的狀況下，火燕杖的火彈果然效果不高。

「向王都發出緊急訊號！」

「不行，緊急訊號發不出去！」

看來同志是成功了。

莫桑忘了找魔導炸彈，暗自喝采。

「船長，正前方！」

一名突擊槍甲蟲騎兵突然現身，從正前方往艦橋撞來。

就算有新型魔力屏障，也不可能強到阻擋高速飛行的突擊槍甲蟲衝撞。

這次真的結束了——

「緊急閃避！」

「緊急加速筒已經用完！」

「來不及了！」

大副和舵手慘叫連連。

「全員小心衝撞！」

船長驚慌大喊，莫桑則是緊盯著突擊槍甲蟲愈來愈近，喚來自己的末日。

◆

「這下就結束了。」

騎著古老鴉的砲擊觀測手，看到突擊槍甲蟲撞向艦橋，揚起嘴角。

眼角還看到忙著射擊噴進樹的飛空艇砲塔，連忙轉向要射甲蟲，但是太晚了。

飛空艇的艦橋很快就會粉碎，遭到突擊槍甲蟲蹂躪。

再也沒有人能改變這命運——

「——啥？」

幾道閃亮亮的光彈打穿了突擊槍甲蟲。

黑髮的男孩女孩衝上前甲板，用手杖一般的棒子射出光彈。

突擊槍甲蟲連火杖的火彈都不放在眼裡，但是吃了區區幾發光彈，就由內往外噴火，硬殼也炸個粉碎。

幸運的是突擊槍甲蟲騎兵趁著爆炸的火焰，順著很不自然的軌跡摔到前甲板上。

可惜好運到此為止，騎兵還沒能報復黑髮男女，就被長尾巴的紅髮亞人女孩壓制住。

從陽台摔到甲板上的女童們以及金髮蛋捲頭女孩，看到威脅消失就放心似的跌坐在地。

但砲擊觀測手並不是神，肯定想不到女孩們其實是在懊悔：「沒戲唱～？」「好傷心喲。」「這下沒機會動手了啦。」

「還、還早——」

飛空艇砲塔發射的魔力砲彈，追不上高速飛行的噴進樹，在空中炸出空虛的火花。

砲塔只有兩座，但噴進樹有五棵。

飛龍騎士們已經去阻擋突擊槍甲蟲騎兵，沒有人可以擋住噴進樹。

剛才擊墜突擊槍甲蟲騎兵的槍手小看不得，但是噴進樹的速度和魔力屏障厚度，遠超過突擊槍甲蟲。

個人用的火杖再強，也打不下這等魔物。

「白費功夫……」

只見幾個魔法使在飛空艇陽台上開始詠唱魔法。

連砲塔的高功率魔力砲都追不上噴進樹，魔法使的魔法射程那麼短，怎麼可能打得下來？

砲擊觀測手嘲笑那群愚蠢的魔法使。

果然不錯，魔法使們的魔法離噴進樹還很遠，就自動消散了。

甲板上的女童旁邊，出現一名綠色女子，身高跟小巨人差不多。

「怎麼？綠色的人……？」

「是召喚魔法使的召喚獸？」

砲擊觀測手歪頭，注意力轉移到五棵噴進樹裡面的三棵即將撞進飛空艇上頭。

「打沉你這慢吞吞的——什麼～～！」

只見綠色女子飛上半空，推開了兩棵噴進樹，然後單手接住第三棵。

綠色女子另一手發出綠色光芒的漩渦，隨著施法女童小手一揮，就用光漩渦打向噴進樹。

噴進樹的樹幹就像枯枝一樣被炸歲，從中噴出火焰與大量種子，這些種子足以打穿鐵板。

砲擊觀測手希望能夠靠爆炸炸傷飛空艇，但是綠色女子舉起手來，火焰和種子都被擋住，飛空艇毫髮無傷。

「嘖，竟然是精靈啊！」

砲擊觀測手用觀測遠見筒，發現那個叫出綠色女子的女童，原來是有著淺綠色頭髮的精靈。

「那麼剛才就是王祖大人傳說裡面，精靈所召喚出來的風精靈了！怎麼會有這種人搭上飛空艇啊！」

憤怒的吶喊，精靈女童根本聽不見。

只見那風精靈飛上天空，追著剛才被推開的兩棵噴進樹，在遠離飛空艇的上空擊墜下來。

剩下兩棵噴進樹，一棵被砲塔的魔力砲彈擊墜，最後一棵被黑髮男女的閃亮光彈打穿，速度放慢之後，被魔法使們的攻擊魔法引爆。

即使如此，我們依然占上風。

九名突擊槍甲蟲騎兵對戰三名飛龍騎士，第一回合雙方各損失一人，如今雙方八對二，在遠離飛空艇的位置交戰。

「魔力屏障也該到極限了吧？」

地上的砲擊蛙和岩射筒不斷砲轟，飛空艇的魔力屏障也開始消退。

「三發『破牆彈』都熄火的時候，我還有點慌，現在應該沒問題了。」

……真的是熄火嗎？

前面三波砲擊，陽台上各射出一發「理槍」，擊落了其中一發砲彈。

應該沒有那種驚天神準的高手，每次都剛好只擊落「破牆彈」吧？

砲擊觀測手搖搖頭，掃除這荒謬的妄想。

『去啊～～！』

隨風傳來女童微微的喊聲。

甲板上發出幾道金紅光芒，往地面射下去。

「不、不會吧——」

光芒射進森林之中，隨即燃起火柱。

碰巧就跟砲擊蛙和岩射筒的數量相同。

「希望是我搞錯了……」

可惜砲擊觀測手大失所望，火柱噴發之後，地面砲擊嘎然驟止。

而他不會知道，金紅光芒射中砲擊蛙和岩射筒的前一秒，有人發射鎮壓人員用的「追蹤暈眩彈」打飛了從魔上的砲兵，碰巧救了他們一命。

「還早，還沒完，我們還有突擊槍甲蟲騎兵！」

砲擊觀測手抱著一絲希望，抬頭看著占上風的突擊槍甲蟲騎兵隊。

騎兵隊利用人數優勢，又擊落了一名飛龍騎士。

最後一名負傷的飛龍騎士由兩名突擊槍甲蟲騎兵應付，剩下六人從飛空艇下方繞過，迅速貼近艦橋。

應該是想偷襲前甲板上的凝眼魔法使們。

幸好精靈女孩所召喚的超強風精靈已經請回了。

不管精靈魔力再怎麼豐沛，也不可能長時間召喚足以擊落噴進樹的高等風精靈。

「好啦，給我起舞吧……」

砲擊觀測手揚起嘴角，想像魔法使們被火燕杖燒灼的光景。

突擊槍甲蟲騎兵隊沿著飛空艇底下飛行，抓準機會衝上前甲板。

火燕杖射出六道火光，直衝魔法使。

砲擊觀測手看見了。

三道火焰被金髮女孩的大盾擋住。

兩個小女孩抽出發紅光的魔劍，一人劈散一道火光。

最後有個渾身發白光的金髮蛋捲頭女孩，犧牲自己擋下最後一道火光，壯烈燒成火球。

「這、這些人到底是怎樣？」

燒成火球的金髮蛋捲頭女孩若無其事地站起身，難怪砲擊觀測手要盯著她瞧了。

◆

「荒唐，荒唐荒唐荒唐……」

隊長站在打獵行館的瞭望塔上，一臉錯愕地看著飛空艇從上方經過。

戰役第一次失手，是抓準必勝時機射出五棵噴進樹，卻全都被擋下。

第二次失手，是三發「破牆彈」都熄火。

但這些都不算致命的失敗。

噴進樹就算被閃開一次，還是會繼續追蹤目標，直到動能耗盡。

就算破牆彈熄火，砲擊蛙和岩射筒的砲彈，還是會從飛空艇的射程之外摧毀魔力屏障。

還有不要命的突擊槍甲蟲騎兵衝撞艦橋，這不會是第三次失手。

因為突擊槍甲蟲騎兵照計畫排除了飛龍騎士。

「不可能，不可能不可能不可不不不……」

隊長蹣跚地走樓梯往地下去，腦中回想起那關鍵的失敗光景。

有個綠色的東西擊落噴進樹，還有人用從未見過的上級火魔法，射擊在地面上開砲的砲擊蛙和岩射筒，一隻不留地燒個精光。

砲擊蛙和岩射筒可不是什麼弱小魔物，即使派出軍隊，也得做出犧牲才能消滅這種危險魔物。

使用風魔法的觀測手回報說「綠色的東西」是精靈所召喚的風精靈，但是這不可能，能夠使用精靈魔法的精靈可謂以一擋百，只有世界發生危機，才會離開世界樹下到凡界來。

最後寄望的突擊槍甲蟲騎兵，也只剩一人了。

潛入飛空艇進行破壞的同志，在破壞緊急通訊器，送索米葉娜大人一行逃離之後，就沒有其他回應，八成是在飛空艇裡被逮住了。

「老闆？你該不會想用這個吧？」

「沒錯！叫醒牠，鬆開牠！」

隊長一劍劈死不合作的訓練師，走向被綁在地底的魔物——多翅長蟲。

這隻凶殘魔物插了七支「螺絲」還是無法隨意控制，如果不是趁牠冬眠的時候找到，想必就算有「螺絲」也無法使喚牠。

隊長拿出解除睡眠的魔法藥砸在巨大的頭上，解除多翅長蟲的睡眠。

多翅長蟲充滿仇恨的眼睛瞪著隊長，隊長一時感覺不妙，但也無法再回頭，這是他最後一條路了。

隊長下定決心，用魔劍砍碎了多翅長蟲的囚具。

——ANWOOMWALOOOOWN。

多翅長蟲的頭部長得像蜈蚣，大吼一聲就咬碎了隊長的身軀。

這一咬算是出了氣，也沒要隊長的命，就拍動數不清的翅膀開始飛天。

「你，就去吧……要殺的敵，在那裡啊。」

隊長身受重傷，口吐鮮血，還是對著飛天的多翅長蟲吶喊。

他眼前逐漸暗下，最後看到的或許是戰勝光景吧。

◆

「到底掉到哪裡去了？」

莫桑在飛空艇劍橋上拚命找魔導炸彈，可是怎麼也找不到。

而且很奇怪，其他同志們應該去鎮壓各地，看來卻沒有人成功引爆魔導炸彈。

「早知如此，就不該把魔笛交給列姐夫人，要自己帶在身上才對……」

魔笛是最後王牌，就怕引爆魔導炸彈會炸壞魔笛，才交給列姐夫人保管，這下失算了。

莫桑喃喃自語，摸摸衣服底下的詭異魔法裝置——「魔人心臟」，它正在胸口跳動著。

莫桑不是武夫，就算用「魔人心臟」強化體能，也無法靠暴力鎮壓艦橋。

但是有了魔笛就能解除「魔人心臟」的限制，發生狂暴。

一旦發狂，就無法確保使用者的性命，但是威力極大，能夠造成比魔導炸彈更大的破壞。

「船長！後方打獵行館方位，出現巨大魔物！」

「又來！這次是啥！九頭蛇？還是那伽？」

莫桑豎耳聽著艦橋的吵鬧，回頭看打獵行館方位。

「放出那東西了啊……」

巨大魔物繞到飛空艇前方，莫桑看了多翅長蟲，嘀咕一聲。

「砲塔回報！魔力砲砲身過熱！需要四刻半鐘才能使用——」

「魔法使們的攻擊魔法，被魔物的詭異翅膀反彈了！」

多翅長蟲是連魔物訓練師都無法駕馭的危險魔物，據說戰力匹敵四頭蛇、中級魔族——甚至是下級龍。

如今沒有護衛的飛龍騎士，魔力砲又過熱，使用強力精靈魔法的魔法使應該也耗盡魔力。

計畫一直跟不上變化，但是眼前的怪物威力驚天動地，可以忽略所有失誤。

只要沒有像勇者那樣破格的強者在場，飛空艇就只有墜落一途。

「不對——這艘飛空艇上還有『紅色貴公子』傑利爾卿和祕銀探索家們，小心駛得萬年船啊……」

莫桑摸著胸口，啟動「魔人心臟」。

「這下可說萬無一失。列姐……就等妳吹響魔笛了。」

莫桑最後喊了愛人的名字，閉上雙眼。

驚險的航線

「我是佐藤。說到故事劇情，經常是過了個難關還在喘氣的時候，又碰上另一個難關。我挺喜歡這樣的鋪陳，但是希望現實中別碰上了。」

「主人！有大傢伙從下面上來了！」

觀察飛空艇後方的亞里沙，回頭對我大喊。

我的雷達也有顯示這個魔物，等級高達四十五的多翅長蟲。種族特有能力很棘手，像是魔法反射、魔晶屏障等等。

之前牠都處於睡眠狀態，沒有要出動的樣子，所以我也沒管牠，但是牠在最後關頭還是現身了。

我們應該是被捲入比斯塔爾公爵領的內亂，而叛軍的軍力所剩無幾了。

現在只剩這隻多翅長蟲，最後一隻突擊槍甲蟲，至於騎著古老鴉在遠處觀戰的人已經開溜了。

逃走的古老鴉騎士已經被我上了標記，隨時都可以追蹤。

前不久有艘逃生艇慌張地從飛空艇發射出去，我用空間魔法「遠見」確認過，應該不是什麼綁架，就不管了。

「長得像奇蝦一樣，那也是從魔嗎？」

我在亞里沙旁邊觀察狀況。

這個怪生物撞爛了森林裡的打獵行館飛上天，身軀很長，翅膀像蟲翅，除此之外跟我在古生物圖鑑裡看過的奇蝦一模一樣。

「我來？」

「不了，人家好像有魔法反射——」

——所以用物理解決吧。

我還沒說完，祕銀探索家們就開始詠唱魔法，對準掠過飛空艇旁邊的奇蝦——又名多翅長蟲，施放五花八門的攻擊魔法。

多翅長蟲的表皮反射了魔法，一部分彈回前甲板和陽台，祕銀探索家們四散奔逃。

「所以不是反彈給施法者就對了。」

「是啊，應該沒錯。」

往我們飛散過來的魔法都被娜娜給擋開，所以我們能輕鬆聊天。

多翅長蟲本體不能說是反射魔法，而是彈開魔法，至於線條圓滑的蟲翅則是會中和魔力，並且吸收一部分。

多翅長蟲當然不可能無止境反射或中和所有魔法攻擊，ＡＲ顯示牠的體力計量表稍微降低了點。

多翅長蟲發出不悅的咆哮，在飛空艇前方轉身面對我們。

「上級攻擊魔法應該打得穿，怎麼樣？」

「這個——還是不要吧。」

亞里沙說了看看蜜雅。

蜜雅開始詠唱咒語，身邊聚集了龐大的魔力。

「哎喲，蜜雅都快詠唱完了啦。」

亞里沙說完沒多久，蜜雅的魔法就完成了

「……■■■　風靈王創造。」

出現了半透明的鳥形擬態精靈，金光閃閃，頭戴王冠。

這層級與之前雅潔小姐召喚貝西摩斯的相同。

「黃金獸？」

「不對，黃金鳥？」

「錯了……這肯定是神話時代，高等精靈們所使喚的神獸啊。」

祕銀探險家們看了迦樓羅，驚呼連連。

「佐藤，魔力。」

蜜雅簡短拜託一聲，我用「魔力轉讓」補滿蜜雅剛才耗光的魔力。

「上吧。」

蜜雅一句話，迦樓羅就像是忽略空氣阻力，張開黃金雙翼停在空中，翅膀前端的羽毛像電腦動畫變形一樣扭曲，往多翅長蟲延伸過去。

幾十隻黃金羽毛以目不暇給的速度伸長，全方位刺穿多翅長蟲，然後用力撕扯。

多翅長蟲扭動多節軀幹想逃走，但是掙扎都白費了，沒多久就被扯成碎片。

迦樓羅的黃金羽毛根本不管多翅長蟲本體的魔法反射，以及翅膀的魔法中和，硬是扯個稀巴爛。

「好強啊……」

「那就是打倒『樓層之主』的召喚魔法嗎？」

在陽台上一同奮戰的祕銀探索家們，敬畏地喃喃自語。

「蜜雅，辛苦啦。」

「姆。」

蜜雅有點不開心。

肯定是因為我替她補滿魔力，可以使出迦樓羅的必殺技「天嵐」，結果還沒出招，對手就掛點了。

不過「天嵐」威力太強，視覺又太震撼，希望能低調點啊。

「送還？」

迦樓羅消滅了想逃走的突擊槍甲蟲，抓了騎兵回來，蜜雅抬頭看看迦樓羅這樣問我。

「對啊，已經沒必要了。」

蜜雅點頭。

雷達上已經沒有紅色光點或從魔了。

剛才忙不過來，我先把那些自爆恐攻人的危險魔導炸彈給摸走，人就放著不管。應該趁現在把他們抓起來。

至於後甲板上有道具箱的人，還有想闖進輪機室的高等級騎士，當然也都抓起來了。

「喵？」

「聽到笛聲喲。」

小玉跟波奇豎起耳朵這麼說。

我的順風耳技能倒是沒有聽見笛聲。

「從哪裡傳來的？」

亞里沙也問小玉跟波奇，看來她跟我有一樣看法。

可是兩人還沒回答，前方就傳出玻璃被砸碎的聲音。

緊接著，前甲板那頭慢慢冒出一堆灰鐵色的長條，然後是一堆玻璃碎片往我們噴來。

待在那裡的人，應該是具備召喚魔法技能的高官吧。

我跑上甲板，趕往艦橋。

我還以為那個高官的召喚魔法等級不高，想不到竟然能召喚出這麼糟糕的東西。

艦橋上方的玻璃破了大洞，我跳進去。

途中砍斷數不清的蠕動觸手，在落地之前掌握艦橋狀況。

艦橋設備幾乎完全毀損，ＡＲ顯示船長在內的所有船員都倒在血泊之中。

而且包覆艦橋的玻璃牆被砸到只剩框架，強風在艦橋中四處肆虐。

我聽見船員們在血泊中哀嚎，應該還來得及。

剛著地沒多久，獸人女孩們就跟著落地。

「哎喲喂的喲。」

波奇著地不穩，小玉幫忙撐住。

空力機關和推進器的控制器都被摧毀，所以飛空艇正慢慢失去平衡。

「卡麗娜，飛踢～～！」

看來卡麗娜小姐也跟來了。

「哎呀～」

卡麗娜小姐往觸手團中央飛踢，結果被觸手抓起來倒吊。

裙子也被觸手綁住，所以不至於內褲曝光，但是被觸手五花大綁的模樣真煽情。

「莉薩，排除觸手，小玉跟波奇去照料卡麗娜小姐。」

我吩咐獸人女孩們，然後對整個艦橋施放回復魔法。

有些人命在旦夕，不過總算還有一口氣，只是失血過多，還陷入昏迷。

趁卡麗娜小姐沒注意，我使出「理力之手」從狂風大作的艦橋裡，把船員們全搬到走道上。

「嘿咻～」

「嗯咻的喲。」

卡麗娜小姐被埋在觸手堆裡，小玉跟波奇努力要把人挖出來。

「主人！請看這裡！」

莉薩一喊，我回頭看去，大量的蠕動觸手已經全被砍斷，在堆積如山的觸手之中，躺了個奇形怪狀的人體。

這人整張臉都變了樣，不過ＡＲ顯示他就是召喚魔法使高官。

我以為他是召喚魔物而被吞沒，但是一看他嵌在胸口的魔法裝置就知道不對。

魔法裝置裂成兩半，裡面空洞洞，但是表面的顏色跟質感和觸手一樣。

這個魔法裝置好像叫做「魔人心臟」，狀態顯示「失控」「故障」，看來失控造成了剛才的觸手亂舞。

「療傷～？」

「這樣下去會死的喲。」

啊，忘了。

我使用治療魔法癒合高官的傷口。

勉強留住他一條命，但是他兩眼無神又渙散，渾身抽搐不停。

好吧，你也是自作自受，之後丟給醫療機構處理就好。

「真是慘兮兮啊。」

卡麗娜小姐渾身黏液，向波奇拿毛巾來擦臉。

所以拉卡護身不能抵擋髒污是嗎？

想著想著，我從儲倉拿出假卷軸，使出生活魔法把卡麗娜小姐洗乾淨。

『主人！那邊要支援嗎？』

亞里沙用空間魔法「戰術輪話」聯絡大家。

『是不用——』

話說到一半，飛空艇突然搖晃起來。

『主人！這裡也有觸手了！』

亞里沙急得大叫。

『娜娜，擋住！觸手正中央有人，注意了！』

『遵命，主人。』

我一邊喊，一邊搜尋「魔人心臟」。

除了自爆恐攻人混入的輪機室、貴賓室、後甲板之外，連亞里沙所在的觀景室，燃料庫，甚至穩定翼根部都有這東西存在。

觀景室的「魔人心臟」狀態顯示「失控」和「故障」，不過沒有其他詭異狀態。肯定就是因為故障失控，結果產生觸手沒錯。

我想從這裡發動物理或魔法攻擊破壞所有魔人心臟，但是途中有太多人員，還有飛空艇飛行所需的管線。

只有觀景室的目標可以用追蹤箭和自在劍破壞，而穩定翼和後甲板附近的目標，隨便亂打可會打壞飛空艇本身。

再說「魔人心臟」是嵌在人體內，如果要用遠距攻擊破壞，很可能殺死使用者。

要是用殺傷力較低的鎮壓人員用「追蹤暈眩彈」——

——ＺＨＷＯＺＨＷＯＺＨＷＯＯＯＧＺ。

後方傳來像咳嗽一般的詭異吼聲，那是亞里沙她們所在的觀景室方向。

吼完沒多久，地板就傳來一陣陣糟糕的震動。

根本不必看地圖資訊，觀景室之外五個地點的「魔人心臟」使用者，也都長出觸手大鬧了。

我晚了一步。

現在就算使用鎮壓人員用「追蹤暈眩彈」，想必也無法阻止他們。

『主人，船翼旁邊也出現觸手了。』

『主人，飛空艇後方出現觸手，我這麼報告道。』

聽見露露跟娜娜的聲音。

「主人，請吩咐。」

莉薩嚴肅地看著我。

小玉跟波奇在莉薩兩旁，仰望著我。

我立刻考慮優先順序。

亞里沙她們不用擔心，「魔人心臟」的觸手等級只有三十左右。

貴賓室有傑利爾先生，應該也沒問題。

「莉薩，輪機室交給妳！小玉跟波奇支援莉薩！等妳們鎮壓了輪機室就趕去燃料庫！」

獸人女孩們答應之後就趕去，卡麗娜小姐也莫名跟了去，既然她有拉卡護身應該沒問題吧。

這狀況本來該我去應付，但是我要先代替毀壞的艦橋，恢復飛空艇的控制權。

如果能順利降落在王都機場是最好，而最差也要讓飛空艇安全著地。

控制台已經毀壞，我把它給拆了，拉出裡面的纜線。

然後從儲倉裡拿出建造飛空艇時所使用的研發終端機，接上纜線。

這只能輸入除錯用的指令，如果用得巧或許還有救。

檢查ＰＩＮＧ訊號是否能傳到輪機與轉向迴路。

——行得通。

輪機跟轉向機構都能接得上。

『輪機室的門～？』

『觸手扭來扭去喲。』

『主人，我們現在開始排除觸手。』

看來莉薩她們已經抵達輪機室。

『主人，我們這邊打贏了，長出觸手的好像是個侍女。留在觀景室的斥候阿伯說啊，跟侍女在一起的夫人不見──哇啊啊！』

亞里沙報告到一半，飛空艇就大幅晃動。

戰術輪話又傳來其他女孩們的尖叫與驚呼。

研發終端機顯示資訊，六座推進器裡面位於右邊的三座，灌注過多魔力而失控，一座則是停止供應魔力，無法運轉。

結果飛空艇往左邊拐了大彎，並且猛烈加速。

這樣下去會撞上左邊的山壁。

我想緊急停止失控的推進器，但是沒反應。

正常的不行就用密技吧──

用空間魔法「遠見」搭配術理魔法「理力之手」，來打開推進器本體上的緊急停止裝置。

靠著平行思考技能的幫忙，我一邊操作研發終端機，一邊發動「遠見」，看到輪機室裡面慘不忍睹。

輪機室有四座大型空力機關，其中兩座雙重反轉式飛輪的轉軸歪了，邊轉邊擦出火花。剩下兩座沒有冒火花，但是轉軸也不正。

魔力爐也受到不小的損害，爐體表面閃爍著奇妙的紅光，那是魔力所導致。

獸人女孩們奮力抵抗橫向加速，幾乎解決了所有觸手。

『主人！看前面！前面！』

亞里沙死命大喊，前面就是山壁。

——我知道。

我開始找那個緊急停止裝置。

「呃，被挖掉了？」

看來這批人早有預謀，失控推進器上的緊急停止裝置，整塊都被挖掉。

或者說就是因為裝置被挖掉，推進器才會失控。

這下可不能切斷魔力傳導管線。

魔力逆流很可能會破壞魔力爐或其他部分。

先關掉魔力爐再切斷管線——不行，關閉魔力爐並重新啟動的這段時間，空力機關就會停止，而且空力機關危在旦夕，不保證能夠重新啟動。

根據我原本的設計，只要有一具空力機關正常，飛空艇就能順利迫降，但是四座都停機的話，就只能墜毀了。

——這樣的話。

我用研發終端機輸入指令。

飛空艇速度更快了。

『主人！糟糕！前面！糟糕！』

山壁近在眼前，甚至可以看到動物們驚嚇奔逃。

就快了。

『莉薩！用力踢右邊的二號推進器！』

『遵命！』

右邊二號推進器嗆了一下，推力稍微降低。

輸出不是馬上恢復，就是變得更糟，不過現在這樣就好。

『哇啊啊啊啊！』

亞里沙驚聲尖叫，只見山壁從眼前掠過。

飛空艇的船舷擦過山壁上突出的枯樹和岩石，造成巨響與震動。

我覺得自己好像可以看到空氣密度分布和風向。

於是我相信自己的感覺，讓飛空艇順著風，升起高度。

『還以為要死了啦～』

眼前是一片藍天。

我讓左舷推進器失控，躲開了撞上山壁的危機。

結果就是飛空艇現在繼續加速。

不知道是推進器吸取太多魔力，還是空力機關即將故障，飛空艇就像闖進了氣渦，浮力時大時小，高度上上下下，無法穩定。

有平行思考技能的幫忙，我還能跟亞里沙她們用戰術輪話聯絡，但是實在沒有資源去施放魔法。只能勉強控制已經發動的「理力之手」和「遠見」。

『主人，是不是應該降高度，或者降速度啊？』

『對，我正在努力。』

要是有辦法，我早做了。

『難道已經失控了？挺慘的？』

『對，這樣下去就慘了。』

根據我剛才的觀察，必須停止魔力爐才能降低推進器的動力，但是魔力爐停止，空力機關也會停止，造成飛空艇墜落。

目前我靠著飛空艇穩定翼上的高浮力襟翼，設法拉高高度。

飛空艇的翅膀比飛機短，面積又小，沒什麼好指望的。

『主人，要是我用獨特技能，可以把所有人都傳送到地面喔。』

『不行。』

如果這樣逞強，就算裝了「魂殼花環」，也不敢保證亞里沙的「魂器」能平安無事。

『可是不用的話，其他人就——』

『不行，亞里沙比其他人重要。』

『唔嘿？耶、耶嘿嘿嘿~你講得這麼認真，我會害羞呢~』

亞里沙驚慌地顫聲開玩笑。

亞里沙還是一樣怕人家主動。

『相信妳的作弊主人吧。』

『嗯，我信。』

我說得有點誇張，但是亞里沙放心回答。

『姆。』

戰術輪話傳出蜜雅不太開心的聲音，我安撫她說「蜜雅也很重要喔」，結果她生氣說：

「也？」女童真難處理，之後重新安撫一下好了。

「好啦，老實說狀況真的不太妙。」

我看著研發終端機、AR顯示以及地圖資訊，喃喃自語。

現狀看來四面楚歌，不過只要我能夠展現真正的實力，是可以立刻拯救所有人。

將飛空艇塞進儲倉，然後趁自己著地之前，用「理力之手」把飛空艇放回地面上就好。

只是人數有點多，可能要把三分之一的船體放在半路上的湖裡。

我也想過能不能用「理力之手」扛著飛空艇著陸，但是應該辦不到。

「理力之手」方便歸方便，但是最大力量只相當於六十個成年男子。

用上級魔法「理力之臂」還有可能，總之現在撐不起質量龐大的飛空艇。

我也想過叫亞里沙使用傳送門類的空間魔法讓大家逃走，但是飛空艇現在即將毀壞，東倒西歪，實在很難在飛空艇上打開一個固定位置的傳送門。

打開短時間還有可能，但是就連亞里沙，也無法不斷修正變化萬千的起點位置吧。

如果有兩個我，就能一個操縱，另一個去修理輪機了……

「——算了，想那些如果根本沒幫助。」

要拯救所有人，最好的方法還是讓飛空艇迫降。

所以必須達成幾個條件。

那就是——

・速度降低到可以迫降。

・有足夠滑行空間可以迫降。
・選擇地上沒有人員受害的迫降位置。
・搞定剩下四個不定時炸彈：魔人心臟。

——大概就這樣。

前面兩個是絕對必要。
第三個我覺得有必要，但不那麼絕對。
最後一個真的不怎麼必要，但是我想先搞定不確定因素。
我開始盤算起必要程序，還有飛空艇的航向。
當然還要同時控制不穩定的飛空艇。
這絕對不簡單，但是我要自吹自擂，我短時間就搞定了。
可是全靠我一個人，還是無法完成計畫。

『抱歉了各位，幫我忙吧。』
『這麼見外！儘管說啊！』
亞里沙帶頭，大家都在「戰術輪話」上答應。
『剛才的觸手人有四個，莉薩她們已經照吩咐去排除燃料庫的——』
『排除了～？』

『剛剛打掉了喲！』

『燃料庫鎮壓完成，已經對宿主進行基本治療，扣押起來。』

看來獸人女孩們沒輸給震動與加速，照一開始的指令完成任務。

『幹得好！接著去後甲板！』

『遵命。』

莉薩率領獸人女孩們前往後甲板。

『娜娜，抱著蜜雅到艦橋！麻煩蜜雅再次召喚迦樓羅！』

『遵命，主人。』

『知道了。』

我打算叫蜜雅召喚迦樓羅，排除纏在穩定翼上的觸手。

——哎呀？

穩定翼上的觸手不見了。

『主人，船翼上的傢伙已經被我跟露露一起打跑了。』

了不起。

『好像有隻大烏鴉撿走了掉下去的觸手，要打下來嗎？』

我以為古老鴉逃了，想不到又跑回來。

『不用，別管牠了。』

反正我有上標記。

『船翼上還有殘存的觸手，如果礙事就讓蜜雅的迦樓羅清理掉。』

『姆。』

要強大的迦樓羅當清道夫，蜜雅不滿抗議。

我繼續用已經發動的「遠見」觀察觸手殘骸，發現亞里沙先用空間魔法砍斷了纏住穩定翼的觸手，然後由露露打飛，幹得真不錯。

『那亞里沙就跟露露一起去貴賓室。』

『貴賓室？』

『對，麻煩支援孤軍奮戰的傑利爾先生。』

『ＯＫ！露露姊姊，我們上！』

根據地圖資訊，傑利爾先生為了掩護比斯塔爾公爵一家人，已經受傷。

貴賓室裡不能配劍，穿的又是禮服，肯定陷入苦戰。

『主人，祕銀探索家們跟著來了，怎麼辦？』

如果只是要打敗觸手，亞里沙跟露露不去也沒關係吧。

『好吧，貴賓室交給他們，亞里沙跟露露治療傷患，同時把船員和乘客疏散到後面的多功能室。』

飛空艇上有兩間多功能室，裡面有迫降用的緩衝設備。

『交給我——！』

亞里沙跟露露開始行動。

總之觸手問題跟疏散問題就解決了，接下來要改變飛空艇航向，找個可著陸的地方。

——嗯？

左右轉不太順。

看來後甲板的觸手在搞鬼，垂直尾翼好像被纏住了。

我還有穩定翼上的副翼，但是被觸手殘骸纏住，只有右邊能用。

好吧，現在應該勉強撐得過去。

「主人，援軍來到，我這麼報告道。」

娜娜面無表情，但精神飽滿地衝進來。

蜜雅的雙馬尾被艦橋強風吹得亂飛，有點礙事。

「娜娜，在我身邊展開理術『防禦牆』。」

「遵命，主人。」

娜娜額頭上浮現魔法陣，我們立刻被半球型的透明圓頂罩住。

這下蜜雅可以穩定詠唱了。

娜娜好像沒事做，就幫蜜雅梳頭髮。

飛空艇震了一下，蜜雅咬到舌頭，眼眶泛淚。

「姆，重來。」

蜜雅重新開始詠唱。

——哎呀？

原本不順的舵，現在整個掛了。

『主人，已經排除後甲板的觸手，拘捕觸手根部的人。』

莉薩即時回報。

『莉薩，妳從附近的小窗看看舵片的狀況。』

已經發動的「遠見」要改變位置相當麻煩，乾脆問附近的莉薩。

『晃晃～？』

『舵上面壞了，啪答啪答喲。』

小玉跟波奇比莉薩更快回報。

但是我聽不太懂，結果還是自己改變「遠見」位置來看清楚。

舵片本身沒事，但是操舵用的纜繩斷了。

『沒辦法，我直接用「理力之手」——啊，對了，那裡用的是抗魔法材料喔。』

纜繩跟舵片都用了抗魔法材料，很難用「理力之手」進行干涉。

倒不至於完全沒用，但是難度就像靠餘光去捏住一根飄在空中的頭髮，很麻煩。

『那就我們來動手喲！』

『遵命～』

獸人女孩們爬上後甲板的維修梯，爬到往後方突出的舵片框架上，靈巧地又平穩地往前跑。

如果出事，我可以用「理力之手」撐住她們，但是這樣真的很亂來。

『莉薩，綁安全繩。』

『遵命。』

我告訴莉薩後甲板的繩索在哪，要小玉跟波奇綁安全繩，然後莉薩固定住安全繩，兩人就安全了。

看看四周，發現卡麗娜小姐被隨從攔住，過不去。

雙方好像在爭執，可惜我聽不到內容。

對喔，卡麗娜小姐跟她的隨從，什麼時候跑到後甲板來了？

『我也要幫忙！』

『不、不行啦！』

『卡麗娜大人，請住手！』

卡麗娜小姐想跟著衝，結果被碧娜跟艾莉娜擒抱攔住。

『如果主人對內容有興趣，我可以轉播卡麗娜大人她們說什麼喔。』

看來亞里沙用戰術輪話聽到獸人女孩的對話，跟我一樣去檢查後甲板，結果對卡麗娜小姐一行的行動有興趣。

我現在無法追加使用魔法，真是幫了個忙啊。。

『對了，主人，這樣下去會撞到右邊的山，不然就是擦撞左邊山谷，砸爛山谷裡的村子喔？』

亞里沙告訴我飛空艇高度正在下降。

原來剛才害蜜雅咬到舌頭的震動，就是一座空力機關炸飛的衝擊啊。

原本高度就不高，這下降得更低，再加上舵轉不動，偏離航向，結果就碰到剛才亞里沙說的難關了。

『波奇隊員，小玉隊員，妳們掌舵！』

『是！』

『遵命的喲！』

回得好。

我們還沒時間思考，飛空艇就闖進那險惡的山谷裡了。

◆

『主人！注意右邊！』

亞里沙用空間魔法探測資訊，替我導航。

我也可以用地圖探測，但是要邊看詳細地圖邊下達指令很辛苦，就接受亞里沙的好意了。

『小玉捲起一隻半手臂長的纜繩。』

『捲捲～』

稍微離開右邊的山壁了。

『主人，再來是左邊！』

『波奇，鬆開兩隻手臂長度。』

『嘿嘿的喲！』

閃開了左邊山壁上突出的大樹。

只是希望閃得更有餘裕一些。
這樣下去，船身應該會擦撞右下方突出的岩石。
『波奇，捲起半隻手臂。』
『唉呀呀的喲。』
『好，不錯。』
勉強閃開岩石。
山谷底下有河流，而且好像算計過一樣蜿蜒扭曲。
多虧了小玉跟波奇奮力拉繩操舵，我們才沒有撞上山谷。
『主人，前面！』
艦橋只剩下扭曲的框架，竟然還有重機那麼大的大鳥衝進來。
『鳥擊危險，我這麼報告道！』
我展開理術「自在盾」，娜娜則扛起愛用的大盾，幫我跟蜜雅擋住大鳥衝撞，然後把大鳥頂到後方去。
後面傳來砸爛一堆東西的巨響，但是這裡的設備已經大多被觸手砸爛了，所以沒問題。
『主人，接下來有點糟糕喔。』
山谷上有三棵巨樹擋住去路。

三棵樹是有前後順序，不過我用望遠技能看來簡直就是一字排開，龐大的飛空艇不可能通過。

『我跟露露來想辦法。』

亞里沙說完，露露的輝焰槍就接連射出耀眼的紅光，打中左邊的樹幹。

接著亞里沙使用長距離狙擊型火魔法，燒斷了中間的巨木。

亞里沙對著右邊的第三棵樹開始詠唱，但是露露還沒射倒第一棵樹。

輝焰槍專打高等級魔物，貫穿力道強，結果直接把樹幹打穿了。

露露好不容易把樹射倒，亞里沙也發動第二次魔法。

『呃，抱歉，打歪了！』

但是山谷氣流混亂，亞里沙的火魔法失了準，大樹沒倒。

露露用輝焰槍接招，但是看她射倒左邊大樹的進度，肯定來不及。

我不能讓亞里沙在大庭廣眾之下使用無詠唱的火魔法，娜娜的理術射程則是太短打不到；加上飛空艇不斷震盪，多次打斷蜜雅的詠唱，看來還要點時間。

如果用負擔比較少的「小火彈」，應該可以勉強同時控制飛空艇——

『主人，我來。』

我在猶豫的時候，莉薩甩著一頭紅髮落在我面前。

看來她發現大難臨頭，從船尾趕過來了。

「魔素啊，隨我熱血奔騰——」

莉薩手上的愛用魔槍多瑪轉了一圈，然後發出猛烈的紅光。

「——經我手，到我槍尖。」

魔槍槍尖發出紅色的魔刃光。

巨樹已經貼近飛空艇了。

露露不斷射出輝焰槍，祕銀探索家們的魔法也開始打中巨樹。

但是，還不夠。

「去！魔刃砲！」

莉薩驚天一吼，槍尖射出巨大魔力彈，拖著一道紅光命中樹幹。

巨樹吃了這最後一招終於倒下。

可惜，有點晚了。

『慘了——』

這樣下去，巨樹會刺進艦橋下方。

『保護主人，我這麼宣告道。』

娜娜扛起大盾。

以飛空艇的速度來看，即使是擋一棵普通樹，娜娜也不能毫髮無傷。

我往前伸出「理力之手」將巨樹收進儲倉，然後以迅雷不及掩耳的速度，又將巨樹放到不會衝撞飛空艇的位置。

這麼一來飛空艇就製造了盲點，應該沒人發現出了什麼事。

就算發現，頂多就覺得「樹幹擦到什麼晃了晃」。

「得救啦，莉薩。」

我道謝，莉薩不敢當。

看來波奇跟小玉的安全繩是交給卡麗娜小姐拉住了。

『剛才的巨木應該就是最後的難關啦。』

亞里沙說完，飛空艇通過山谷，眼前是一片廣大的蓮花田，也是迫降預定地。

「糟糕……」

蓮花田中央有個小村落。

『主人！』

『我知道。』

因為我們偏離航道了。

以這個航向來看，會壓爛半個村子。

我用望遠技能強化視力，可以看見村民們滿臉驚恐。

賭一把好了——

『上啊～～！』

原本魔力爐有我加裝的偽裝用限制器，現在我解除限制，提升輸出。

空力機關接收了超過極限的魔力，發出怒吼產生浮力。

飛空艇就當著驚慌逃竄的村民頭上，緊急拉起高度。

距離近到可以用肉眼看見村民的表情，幸好只撞壞了瞭望塔。

『呼～我還以為完蛋——哇啊咧！』

亞里沙還沒喘口氣，飛空艇又嚴重晃蕩。

因為剛才太勉強，又炸爛了兩座空力機關。

空力機關的飛輪在輪機室裡亂撞，撞爛了一座推進器。

『關閉魔力爐！全員準備承受衝擊！』

我切入傳聲設備，對全船大喊。

對魔力爐傳送緊急停止指令，但是沒有停機。

這樣下去不只會撞爛蓮花田，還會撞上王都外牆，保證死傷慘重。

「好吧，其實還是有辦法啦——」

我把「理力之手」伸向魔力爐，把其中燃料全都收入儲倉。
至於燃料庫通往魔力爐的管線，就用砸爛輪機室的飛輪打斷。
推進器的魔力消耗量很大，魔力爐剩餘的魔力瞬間耗盡，停止運轉。
我對剩下兩座空力機關輸入指令，勉強停機。

但是還沒能喘口氣，高度過低的飛空艇，底部已經擦到蓮花田。
『啊啊啊！』
衝擊力嚇得露露尖叫。
我拉起氣動煞車，並打開後方的緊急減速傘。
飛空艇急遽減速。
這麼一來應該能勉強停在外牆前面——
但是後方傳來劈啪一聲，速度又快起來了。
『傘傘，沒了～？』
『卡麗娜，危險喲。』
小玉跟波奇攀在尾翼上，告訴我後方的減速傘已經被扯爛飛走了。
卡麗娜小姐在減速傘扯爛的瞬間差點跌落，幸好小玉跟波奇一把抓住她的手，才沒有掉下飛空艇。不過小姐有拉卡護身，我覺得摔下去應該也沒事啦。

『看到王都了，這樣下去會撞進城啊！』

亞里沙回報，但是我沒空回答。

我一直使用「理力之手」、土魔法「綁人草」還有各種風魔法想讓飛空艇減速，但是飛空艇質量太大，杯水車薪。

亞里沙也用「隔絕壁」「次元樁」等空間魔法支援我。

就算沒辦法停在外牆之前，至少可以減少王都的損害。

——不對，錯了。

為了隱藏我的實力，害大家死傷慘重，豈不本末倒置？

如果害死人，之後我怎麼能開開心心在王都觀光？

好，我要認真了。

以佐藤的面貌動手會惹出大麻煩，那就準備新生活用的化裝面具，以後用鈴木之類的假名去逛王都就好。

我整個豁然開朗，打開選單。

「……■■■　風靈王創造。」

我聽到了發動句，回頭去看。

金光閃閃的擬態精靈迦樓羅現身了。

飛空艇不斷震盪，蜜雅也不斷重新詠唱，堅持到底終於在最後關頭趕上了。

蜜雅滿頭大汗，撥開額頭的瀏海指著前方。

「迦樓羅，擋住飛空艇——」

蜜雅這個命令相對長，迦樓羅展開金色雙翼包住飛空艇，威力超過先前的減速傘，讓飛空艇慢下來。

『讚喔，蜜雅！』

『嗯，我有加油。』

亞里沙用「戰術輪話」稱讚，蜜雅驕傲地抬頭挺胸。

但是就算迦樓羅能夠御風，也很難擋住質量龐大的飛空艇，王都近在眼前了。

飛空艇擦撞地面的聲音有減緩，但還沒有停止。

王都敲響警鐘，可以看到許多飛龍騎士跟鳥人小隊飛上天。

地圖上顯示王都民眾的光點，看到飛空艇撞過來就抱頭鼠竄。

『混蛋，停住啊！』

『迦樓羅，加油。』

外牆愈來愈靠近了。

已經可以從艦橋看到城牆裡的街景。

『啊，不行了！』

亞里沙發出慘叫。

這樣下去真的救不回來，飛空艇會撞上城牆。

——這樣好嗎？

根本不必捫心自問。

「我出去一下。」

「佐藤！」

「主人！」

我縱身跳出艦橋，跳到不斷刨挖地面的飛空艇前面。

船頭底下出現裂痕，我從裂痕鑽進船身，看到飛空艇的骨幹「龍骨」被土石撞得裸露出來，就緊緊抓住龍骨。

「上啦！」

我發動天驅。

雙腿感覺到前所未有的壓力。

天驅的踏點碎裂，我還是不斷製造新的踏點。

龍骨受力的面積太小，開始扭曲。

扭曲的龍骨夾住我的肩膀，好痛。

但是——就只有痛啊！

「唔喔喔喔喔喔喔喔喔喔喔！」

我發出罕見的怒吼，用更大的力氣推起飛空艇。

我靠魄力硬撐下去，慢慢地，飛空艇震動減緩，打在我背上的沙石也停了下來。

城牆上響起一片歡呼。

看來，飛空艇是順利停住了。

我從龍骨中抽出肩膀，搓著紅腫的肩頭，躺在船底刨挖出來的土堆上。

呼，好久沒這麼累了。

V獲得稱號「倒楣的乘客」。

V獲得稱號「高明舵手」。
V獲得稱號「老子有力」。
V獲得稱號「剛力無雙」。
V獲得稱號「克服命運之人」。

尾聲

「我是佐藤。感覺現在很少看到某個領域的名人挖掘出潛力股，讓人家一舉成名天下知的故事。或許現代人喜歡小確幸，多過遙不可及的榮耀吧。」

「呼，大概就這樣吧？」

我利用飛空艇駕駛艙的殘骸整修一番，看起來好像勉強還可以操作的樣子。

要是被人發現我用研發終端機操作，等於承認我就是勇者無名，所以我才做點偽裝工作。

同時根據相同的理由，把龍骨給扳直了。

『主人，傷患的治療跟運送都完成了。』

『了解，我會用繩索垂降下去。』

要是我在造假的時候被人闖進來就麻煩了，所以我把艦橋的門砸歪，外人絕對進不來。

一般人的體能無法從前甲板跳下艦橋，船頭又被著陸時挖出的土堆給撞歪，所以從前甲板或城牆上，都無法看到艦橋的狀況。

好吧，我想過或許鳥人兵可以從天空偷看到，所以用光魔法「幻影」播放出完工後的影像，結果都沒派上用場。

「回來～？」

「辛苦了喲！」

小玉跟波奇撲到我腿上來。

「卡麗娜大人也辛苦了，多謝大人幫忙小玉跟波奇。」

「這、這是舉手之勞啦！」

卡麗娜小姐被侍女碧娜罵得狗血淋頭，我稍微安撫一下。

「來，濕毛巾。」

「謝啦，亞里沙。」

我用濕毛巾擦掉手上的污垢，並觀察周遭的狀況。

離開飛空艇的人分為五群，傷患、船員、探索家、比斯塔爾公爵一行，還有其他人。

艦橋裡的船長和船員們嚴重失血，所以療傷之後還在躺著休息。

以上倒是沒有問題啦——

「那這些圍觀民眾哪裡來的？」

「王都的西門啊。好像還挺近的。」

飛空艇附近逐漸出現人群。

多虧了從西門趕來的衛兵，民眾沒有闖到我們這邊來。

受傷的船長與船員們躺在類似擔架床的設備上，接受衛兵隊長偵訊。

「聽說運送傷患的馬車，跟迎接貴族的隊伍，馬上就要來了。」

我看著船長他們的狀況，亞里沙對我這麼說。

「主人，請用茶。」

「謝謝露露，我被強風吹得有點涼，真是太好了。」

我坐上鋪在地上的防水布，享用露露泡的美味藍紅茶。

「主人，甜食可以消除疲勞，我這麼報告道。」

娜娜從自己的妖精背包拿出小雞形狀的餅乾給我。

我吃著點心，小玉跟波奇也坐在我旁邊吃起點心。

卡麗娜小姐也跟著坐下來吃，波奇照顧著卡麗娜小姐，看她當姊姊當得真是開心到不行。

小玉吃完餅乾之後，一溜煙鑽到我腿上坐定。

我看看她，她也微笑看看我，真可愛。

「佐藤。」

蜜雅整個人趴在我頭上。

「主人，馬上就會有人來接我們了。」

莉薩跟蜜雅剛才去找衛兵，打聽什麼時候有人來接風。

「喵？」

比斯塔爾公爵一行人的方位傳出怒吼聲。

對方有使用防諜裝置，但是嗓門太大，還是被聽見了。

我仔細一聽，得知是在爭吵誰有沒有出賣誰，真是聽不下去。

早知道就不要特地用上順風耳技能了。

「潘德拉剛卿。」

有人來找我搭話，原來是祕銀探索家「紅色貴公子」傑利爾先生。

搭飛空艇的時候只有穿禮服，現在則換穿招牌的紅色盔甲與騎士袍。

坐著回話沒禮貌，我就讓腿上的小玉下來，起身回話。

「我聽黑槍莉薩提起各位大顯神威，哪像我，只是抵擋觸手魔物攻擊就精疲力盡了。」

「何需如此謙卑？傑利爾大人想必是把保護公爵閣下一行，看得比擊退魔物立功更加重要吧。」

我不知道是不是真的，不過在救兵抵達之前，貴賓室裡受傷的人只有騎士、士兵跟一個公爵夫人。

而且這位夫人獨自被隔離起來，可見是做了什麼不像話的事情，才會受傷。

「喂，你看那紅色盔甲。」

「難道是打倒『樓層之主』的『紅色貴公子』傑利爾？」

「好英俊哪，要是我再年輕個十歲，肯定不會錯過他。」

「哇哈哈，我看要三十吧——」

聽見遠方圍觀群眾說三道四。

看來傑利爾先生在王都也挺出名的。

「那麼，隔壁那個黑髮的不就是『潘德拉剛』少爺了？」

哎呀？好像也有人知道我們的探索家隊名喔。

「就是那個？」

「沒配劍也沒持杖，應該是仰慕傑利爾的貴族公子吧？」

「連肌肉也沒有呢。」

果然我的外表就不像個探索家。

「哎呀？怎麼了？」

亞里沙頭一個發現群眾狀況有變。

看來群眾後方有大人物現身，大家都回頭看去。

「那、那是——」

傑利爾先生見到那大人物，也支吾起來。

這人我也認識，不過不是佐藤認識，而是勇無名認識，所以我先裝蒜好了。

「我看是位武師，您認識嗎？」

「你不認識？那位正是希嘉八劍首席，『不倒』的哲夫・祖雷堡閣下啊。」

我只知道他是國王的護衛，不知道他的本領跟風評啊。

附近的其他探索家們也發現哲夫現身，眾人一片譁然，就像漣漪般散開。

感覺好像高中棒球隊打進甲子園，突然看到職棒巨星現身一樣。

然後大家開始胡亂猜測。

最多的猜測是這樣——

「一定是來請傑利爾加入的。」

「沒有別的可能啦。搞不好，是來幫自己找接班人？」

「不愧是我們的領隊傑利爾啊！」

「紅龍的咆哮」隊員們說三道四，傑利爾先生也有聽見，表情得意洋洋。

站在我旁邊的亞里沙好像聞到旗標味，露出壞心眼的笑容。

第二多的猜測是說要來招募我，不然就是有人開賭盤，說要同時招募我們兩個。

「主人，那位不就是拿槍的人嗎？」

聽亞里沙這麼說，我才想到首席先生後面就是希嘉八劍的槍客赫密娜小姐，她後面還跟了幾個聖騎士。

赫密娜小姐與扛著白長矛的聖騎士，對首席先生說了幾句話。

群眾們吵得要命，我用順風耳技能也聽不清楚他們說什麼。幸好有讀唇術技能，才知道他們多次提到我跟莉薩的名字。

不過只有赫密娜小姐跟她率領的聖騎士們有提到我，應該是說我們在迷宮都市認識云云，無關痛癢吧。

「往這邊來了。」

亞里沙抱著我的手臂低聲說。

首席先生如入無人之境，直往我走過來。

群眾紛紛讓路給他，宛如摩西分紅海。

傑利爾先生上前幾步，或許是想跟首席先生打招呼。

我從旁看見傑利爾先生得意地哼了一聲。

他心中肯定在上演某個小劇場。

——嗯？

突然覺得渾身發麻。

群眾們更是整個僵住，我的同伴與傑利爾先生都壓低身子，手握劍柄。

莉薩更是跳到我跟亞里沙面前，準備應戰。

看來首席先生毫不留情地發動了威迫技能。

首席先生完全不顧沉重又沉默的氣氛，直往我走過來。

「好粗暴的洗禮啊。」

傑利爾先生冷汗直流，還是很友善地向首席先生搭話。

但是首席先生只有冷冷瞥了傑利爾先生一眼，就像看路邊的石子，然後直接錯過傑利爾先生身邊。

「黑槍莉薩啊——」

喔，首席先生盯上的果然是莉薩。

剛才找首席先生說話的白矛聖騎士，我有印象。

就是之前在迷宮都市找莉薩挑戰，被打得七葷八素的傢伙。

「妳的槍法能擊敗凱倫，我有興趣，不過現在沒空搭理妳。」

首席先生說完，撥開莉薩舉起的槍，來到我面前。

「真年輕……閣下就是『不見傷』潘德拉剛？」

首席先生打量著我。

我發現他後面的赫密娜小姐，一臉悠哉地對我揮揮手。

看來是赫密娜小姐唆使首席先生來找我的。

「幸會——」

「我乃希嘉八劍第一位，『不倒』的哲夫·祖雷堡，在此請『不見傷』的潘德拉剛卿與我打上一場！」

首席先生打斷我的招呼，說出驚天動地的一句話。

看來我想過個平安好年，還早得很呢。

EX：蒂法麗莎

「工作就是苦行，我在故鄉領都工作的時候總是這麼想。但是越後屋商會這裡不一樣。有充實的工作、敬愛的同仁，最重要的是，這裡還有庫羅大人在──」

「蒂法麗莎，工廠工人已經面試完了，這些文件怎麼辦？」

我在越後屋商會辦公室整理文件，幹部美麗納抱了一疊文件給我。

「請交給我，我會照姓名跟技能整理好，再交給掌櫃。」

「整理文件交給我就行啦。」

「不了，我得做一份一目瞭然的清單，來減輕掌櫃的負擔──」

「哇──蒂法麗莎真的好細心喔，難怪艾爾這麼重用妳。」

美麗納都把艾爾泰莉娜叫做艾爾，說完拍了我的肩膀就離開辦公室。

我看看文件，都有用工整的字體寫下面試時發現的事情，還有注意項目。

越後屋商會的幹部們，都曾經在王都的王立學院念過書，不僅外表亮麗迷人，能力更是意外優秀。

「蒂法麗莎，我找到珠寶匠跟金工匠了。」

我在整理面試文件的時候，騎著石狼的小個子幹部魯娜來到辦公室。

「合約可以給妳看看嗎？」

她給我一塊夾著合約的夾紙板。

我快快看過，珠寶匠跟金工匠該有的條件全都寫進去了。

魯娜看起來像小朋友，但是很擅長說服那些固執的工匠。

我這個冷淡的人好羨慕她這本領啊。

「可以，那合約書草稿打好之後，就直接交給掌櫃了喔？」

「嗯，拜託妳了。」

魯娜開心大喊：「下班啦！點心時間到啦！」就騎著石狼離開辦公室。

我心中暗暗微笑。

我總是不小心就做事做到廢寢忘食，真想學學她這樣迅速的轉換心態。

「呼，只差一點——」

當我死命處理追加的文件，太陽慢慢下山，辦公室也暗了下來。

我正猶豫要不要對光石燭台灌注魔力的時候，辦公室裡突然捲來一陣微風。

「——眼睛會壞掉。」

有人說話，房裡也亮了起來。

——是庫羅大人。

口氣有點衝，但聽得出是好心關切我們。

我要從文件堆裡抬頭之前，連忙拿起小鏡子整理一頭亂髮。

「庫羅大人，您回來啦。」

我起身迎接庫羅大人。

其實很想像艾爾泰莉娜她們一樣，笑盈盈地迎接大人，但是冷淡的我辦不到。

我心裡討厭自己只能冷冰冰地與人交談，伸手從抽屜裡拿出文件。

「嗯，蒂法麗莎，妳臉色不太好，有好好休息沒有？」

「——有。」

抱歉，我說謊。

深怕庫羅大人操心，所以不自覺說了謊。

我忍著心中的愧疚，先做好自己的工作。

「這些是要請庫羅大人確認的文件。」

我才把庫羅大人要批准的文件交上去，就聽見急促的腳步聲。

腳步聲在門前停住，隔了一陣子，艾爾泰莉娜才若無其事地走進辦公室。

艾爾泰莉娜服儀整齊，但是臉色潮紅，證實剛才是跑過來的。她從一樓的待客室跑到最頂樓的辦公室來，這麼快就調好氣也是很了不起啊。

而且我也想不透，她人在一樓，我又沒通知，怎麼會知道庫羅大人回來了？我之前有問過，結果她認真回答「這是愛的力量」，我就不多問了。

「歡迎庫羅大人回來！」

艾爾泰莉娜用燦爛的笑容向庫羅大人打招呼。

「嗯，掌櫃有精神就好，有什麼要報告的？」

「是，有當地居民反對建造工廠，不過我們誠心說服了居民，明天就可以開工建造了。」

「掌櫃做得不錯。」

庫羅大人一誇，艾爾泰莉娜笑得更燦爛了。

我有點嫉妒被庫羅大人誇獎的艾爾泰莉娜，尤其庫羅大人把手放在她的肩膀上，讓我更吃味。

「謝謝庫羅大人，但這不是我一個人的功勞，這裡的蒂法麗莎跟其他幹部們也都有貢獻。」

「嗯，我明白，蒂法麗莎也做得不錯。」

「不敢當。」

艾爾泰莉娜說除了她之外也都有功勞。

我竟然嫉妒那些小事，真丟臉。

「果然是庫羅大人！」

「我早知道了，只有庫羅大人光臨，艾爾才會不顧面子拔腿狂奔啊。」

騎著石狼的魯娜，領著幹部們進入辦公室。

大家開開心心地找庫羅大人說話。

「庫羅大人！我已經找到珠寶匠跟金工匠，可以加工符文光珠了！」

「──符文光珠？」

庫羅大人聽魯娜這麼說，顯得有些疑惑。

「庫羅大人，符文光珠是商品名稱啦。」

我拿出庫羅大人的作品來解釋，原來是刻有符文的光石。

「原來如此，很棒的名字。」

「耶嘿嘿～謝謝庫羅大人！這可是我想出來的喔！」

庫羅大人一誇，騎在石狼上的魯娜驕傲地抬頭挺胸。

魯娜被庫羅大人摸摸頭，瞇眼笑得像個幸福的小孩。

「找到工匠恰恰好，讓他們做些越後屋商會的身分證，試試功夫。我把身分證的範本跟核心寶石放在這裡。」

庫羅大人在桌上放了一只鑲有寶石的漂亮胸針，還有比幹部人數再多一些的寶石。

「好漂亮——」

「——咦？」

「寶石裡面有玫瑰？」

「玫瑰正中央有越後屋商會的徽章呢。」

除了魯娜之外，所有人看了寶石都脫口驚呼。

透明寶石裡面有一朵藍寶石玫瑰，玫瑰中央又有白寶石雕成的越後屋商會徽章。

這應該是以魔法加工而成，我確實聽過有魔法可以將寶石雕成徽章圖樣，但是寶石又不是玻璃，我可沒聽過有魔法可以將寶石封入其他寶石之中。我看艾爾泰莉娜她們目瞪口呆，應該是有一樣想法。

「庫、庫羅大人，這是？」

「我請製作符文光珠的工匠做了這些東西，越後屋商會的徽章是以光石打造，只要灌注魔力，徽章就會浮現在寶石表面，這麼一來就無法輕易偽造了。」

庫羅大人還一派輕鬆地說：「剛好當妳們的身分證，是吧？」

這確實不必擔心被偽造，但是這樣的身分證可能價值數百枚金幣，掛在身上心很累。

「蒂法麗莎，寶石在交給工匠加工之前，能不能交給妳保管？」

「不行啦，這麼貴重的東西應該由掌櫃保管才對。」

艾爾泰莉娜提出恐怖的意見，就要把寶石跟胸針樣本推給我。

我控制自己不要驚慌，把艾爾泰莉娜的手推回去。

「是喔？」

「艾爾泰莉娜！就給我保管吧！」

魯娜像小朋友一樣猛舉手自告奮勇，艾爾泰莉娜當作沒看見，宣布自己來保管，就將寶石與胸針收在辦公室的保險箱裡。

庫羅大人看東西收好了，慢慢地看過所有人。

「——各位聽著，明天晚上，要給妳們特別任務。」

庫羅大人這麼一說，大家先是一片譁然，然後鴉雀無聲。

難道她們知道庫羅大人說的「特別任務」是什麼意思嗎？

「時間是從入夜第一刻開始到第二刻為止，任務完成之後可能會累得辦不了公，所以開始之前把工作都辦完。趕不上任務的人先說，我會安排其他行程。」

庫羅大人很少會指派夜間的任務，但我身為庫羅大人的奴隸，無權反對。

我左右看看，不是奴隸的幹部們也毫不反對。

「呃，庫羅大人，請問特別任務是我們全都要參加嗎？」

「對，有空的幹部全都要參加。」

說到幹部就跟我無關了——當我這麼想時，庫羅大人卻說：「蒂法麗莎，妳也算。」

或許庫羅大人會讀心吧。

我偷偷對庫羅大人拋個媚眼，但是他沒反應。

「我、我明白了，請問該穿什麼樣的服裝呢？」

艾爾泰莉娜上前問，貼庫羅大人貼得超近。

等等，這未免也太近了吧？

「隨便妳們穿。」

庫羅大人這麼回答，然後跟艾爾泰莉娜拉開距離。

不愧是庫羅大人。

看著艾爾泰莉娜遺憾的樣子，有點同情，不過掌櫃必須以身作則，不可以假公濟私喔。

對，我不是因為嫉妒才說這種話，絕對不是。

「抱歉，我得去辦點事。」

我在胡思亂想的時候，庫羅大人說要辦事，就使出轉移離開辦公室。

桌上堆著庫羅大人已經批好的文件，真不知道什麼時候批的。

其中幾份文件貼著便條紙，吩咐要重新調查或者駁回此案，證明庫羅大人真的有用心看。

我抬起頭準備要把批好的文件歸檔時，聽到一陣驚喜的歡呼。

「哎哎，剛才就是那個對不對？」

「對對對，庫羅大人也是男人家啊。」

「艾爾，妳要穿什麼迷死庫羅大人啊？」

「我、我啊——全力以赴喔。」

——這是在說什麼啊？

我正在糊塗的時候，美麗納卻問了我個怪問題：「蒂法麗莎要穿什麼來迷倒庫羅大人啊？」

「迷……什麼？」

「哎喲！這裡只有女人，就不要裝蒜啦！蒂法麗莎也喜歡庫羅大人對吧？」

「這，妳這……」

妳說這是什麼話啊！

我差點脫口而出，連忙摀住嘴。

「蒂法麗莎，沒衣服的話我借妳好不好？」

「不必，不要緊。」

艾爾泰莉娜替我著想，但我拒絕。

「可是庫羅大人第一次要臨幸，妳也需要漂亮的內衣或睡衣吧？」

這下我總算明白她們在說什麼。

她們應該誤以為庫羅大人剛才說的話，是要找大家侍寢。

但是庫羅大人絕對不會這樣，我跟妮爾她們也曾經光溜溜進攻庫羅大人，他只是為難地替我們披上外衣，可見有多麼剛正不阿。

我抬頭打算要解釋清楚的時候，艾爾泰莉娜這群年輕女孩們還是興奮地有說有笑。

如果不是我這個撲克臉，或許她們真的可以……

「蒂法麗莎，怎麼啦？」

「我有點累了，下班時間也過了，我就先告辭啦。」

我對艾爾泰莉娜這麼說，連忙逃離辦公室。

「……只有單調的內衣。」

我從房間的抽屜櫃跟衣櫥裡拿出內衣和睡衣，大失所望。

「穿這種內衣，庫羅大人怎麼會喜——」

——不對，我沒有想這種事。

我先回到房間裡睡悶覺，但是睡不著，起床走來走去，然後不自覺開始挑起內睡衣了。

「我到底在做什麼呢……」

我搞不懂自己，整個人倒在內睡衣堆上。

——會皺掉！

我嚇得馬上彈起來。

總之呢，目前只有上次跟艾爾泰莉娜她們一起逛街的時候，買了一套比較像樣的內衣，再留下一套從「蔦之館」收下的睡衣，其他就全收進衣櫥跟抽屜櫃了。

我不抱希望，但至少要打理一下服儀，免得在艾爾泰莉娜她們身邊相形見絀了。

「這樣庫羅大人肯定也會——」

我羞得不敢繼續說下去，連忙鑽進被窩閉上眼。

◆

「啊，庫羅大人，久候多『辭』了。」

我穿得非常不要臉，跟艾爾泰莉娜她們一起迎接庫羅大人。

……不對，冷靜下來想想，我跟其他人穿的其實差不多。

「掌櫃的，今天穿得這麼開放啊。」

「啊，是，庫羅大人臨幸，大家就精心打扮了一番。」

庫羅大人聽艾爾泰莉娜回答，不禁扶著額頭。

「——看來讓妳們誤會了。我沒打算逼妳們上床，特別任務是其他意思。給妳們一點時間換上平時的服裝，重新集合，選雙好走的鞋子來。」

庫羅大人此話一出，艾爾泰莉娜她們發出莫名的哀號，跌坐在地。

我早就知道庫羅大人就是這麼剛正不阿，真的喔……

我們換好衣服之後，庫羅大人使出轉移把我們帶到一個陰暗的洞穴裡。

「這、這裡是？——迷宮？」

「對，迷宮上層深處，無人涉獵之境。」

庫羅大人說得輕鬆，但我腿都軟了。

或許庫羅大人天生神力，但我從來沒跟人吵過打過，充滿魔物的迷宮對我來說是純然的恐懼。

「放心，危險的魔物都排除了。」

庫羅大人這麼說，稍稍消除我的恐懼。

艾爾泰莉娜她們也跟我一樣鬆了口氣，看來即使她們當過探索家，迷宮還是很可怕的。

迷宮地面有個挖出來的坑，我們依序接過庫羅大人提供的魔法武器，對著坑裡蠕動的魔物射擊，真搞不懂這是什麼意思。

魔法武器發出光芒，照亮了魔物們黑亮的背殼，讓我直覺渾身發麻，幸好馬上就能離開坑邊，才沒有嘔吐或尖叫。

「蒂法麗莎，沒事吧？」

可能我臉色太差，庫羅大人替我擔心。

「是的，沒、沒事。」

庫羅大人摸著我的臉，我告誡自己不要分心過去，勉強保持冷靜。

「庫羅大人，我們全都射完了。」

「好，接下來很危險，妳們後退避難。」

艾爾泰莉娜報告之後，庫羅大人的手離開我的臉。

我發現自己緊盯著庫羅大人的手遠去，臉紅心跳，然後庫羅大人就走到坑邊使出超強大的魔法。

劇烈的冷風狂捲，捲得我們頭髮和衣襬拍個不停。

——庫羅大人果然是勇者的隨從啊。

這下我更體會到自己與庫羅大人差距有多遠。

感覺好像獨自被拋棄在黑暗之中。

「蒂法麗莎，沒事吧？」

「——我覺得，使不上力。」

或許是心情太消沉，我覺得頭暈想吐。

「我也覺得不太舒服……」

「嗯，身體好沉啊。」

除了我之外，其他幹部們也接連表示身體不適。

庫羅大人說這不是心理影響，而是等級提升太快，身體跟不上，才會發生所謂的「升級暈」。

「今天的特別任務到此結束。」

庫羅大人帶著所有人回到王都的越後屋商會，並告訴每個人升了多少級，又學會什麼技能，說完就解散。

「蒂法麗莎，妳運氣不錯，學會稀有的『寶物庫』技能了。」

「謝、謝大人。」

噁心跟暈眩是已經和緩，但是眼皮很沉重，一不小心就會睡著。

就連庫羅大人誇獎，我也只能冷冷回應。

「各位能自己回房間嗎？」

「暫時不行。」

庫羅大人發問，艾爾泰莉娜代表回答。

「那我搬大家回房間。」

於是庫羅大人輪流把每個幹部抱回房間。

幾個已經睡著的，在回房間途中很安分，不過接下來——

——臉啦！把臉埋在庫羅大人懷裡，犯規啊！

——等等！抓準機會抱緊處理，太不像話了！

——美麗納！怎麼可以摸庫羅大人的屁股！好羨——啊，不要臉！

——艾爾泰莉娜！竟然裝睡偷聞庫羅大人的味道，這樣的姑娘家像話嗎？

我暗自抗議，又不小心打盹，最後房裡只剩下我一個了。

「最後是蒂法麗莎啊……」

聽見庫羅大人稍稍疲憊的口氣。

我微微睜開眼，看見庫羅大人的身影依舊威風凜凜。

感覺庫羅大人的衣服有些凌亂，是錯覺嗎？

肯定是有哪些幹部，用強硬手段想誘惑庫羅大人。

庫羅大人貼近我的臉，古龍水的香味撲鼻而來。

庫羅大人將我抱了起來。

體格比想像中纖細，但是能感覺到肌肉流暢的鼓動。

庫羅大人腳步輕盈，深怕吵醒我，我任由庫羅大人擺布，渾身充滿幸福。

但是這美妙的時光並不長久。

大人輕輕把我放在寢室床上。

「……庫羅大人。」

當庫羅大人的溫度消失，我寂寞得脫口而出。

我怕庫羅大人發現我裝睡，但大人沒有多說，轉身離開。

我沒能留住大人，也沒能勾引大人。

我只能看著庫羅大人的背影，直到房門關上。

「——沒骨氣。」

我責怪自己不像其他女孩那麼主動。

「現在還不行，但是總有一天——」

——等我對自己有信心，可以誠實說出自己的心意。

到時候我就會忘記奴隸的身分，邁向愛情的戰場。

就像我敬愛的同事們一樣！

後記

大家好，我是愛七ひろ。

由衷感謝各位讀者能購讀這本《爆肝工程師的異世界狂想曲》第十五集！

多虧了各位讀者朋友的支持與鼓勵，作品才能一集接一集出版。

動畫藍光也已經順利推出完畢，活動也順利結束，但我還是會打起精神，繼續撰寫更好看的作品，請各位往後繼續惠予支持。

在往例的解說亮點之前，先來聊些私事。

有閱讀網路訪談報導的朋友們，應該已經知道我大約在一年前辭掉兼任的月薪工作，成為一個專職作家。

我一直想在後記裡面提這件事，結果不小心就忘了這麼久，真抱歉。

取得大量寫作時間啦！本來我是這樣慶幸的，結果仔細一算，每個月的寫作量並沒有增加多少，出版速度也跟兼差時代一樣。

後記

不過兼差時代得犧牲睡眠時間來寫作，現在睡眠是大幅改善了。

或許是因為進入專職寫作之前，我的健康狀態可說是亮紅燈的關係，家人可是非常高興我成為專職作家……

由於我在家工作，如果沒有自己開車，實在不太方便，所以我去了駕訓班，從實習駕駛開始重新訓練。

我自從大學考上駕照之後就沒有再開過車，現在要開車有點擔心，幸好駕訓班的教練教得好，我只上了幾次課就重新學會開車。好吧，要習慣還得再花點時間就是了。

我打算把這部分的經驗用在爆肝的故事裡。

好了，為了服務那些先看後記來決定要不要買書的讀者，我要開始說本集亮點了。

本集承接上集，由潔娜小姐的回合開始走下去。

上集最後是以「佐藤先生，請聽我說」和「佐藤先生，其實我——」這種預測將有甜蜜情節的橋段來結尾。

兩集之間相隔四個月（註：此為日文版發行狀況），不記得的讀者，請輕輕翻開第十四集最後幾頁來看。只要注意當時潔娜小姐的服裝，應該就能接受本集開頭的發展。

潔娜畢竟是佐藤在異世界的第一個朋友，所以佐藤對潔娜沒什麼防備，但是該畫的界線還是畫得很清楚，請各位放心。佐藤永遠以同伴們為第一優先。

接著是卡麗娜小姐！

上一集豪邁出場的魔乳妹卡麗娜小姐，戲份卻相對淡薄，所以本集的戲份比ＷＥＢ版更多了。想知道卡麗娜小姐如何大顯身手，請看內文。ＷＥＢ版後半所出現的「那一踢」，也會提前現身喔～

上一集上場的迷宮下層好朋友們，也會再次獲得矚目。ＷＥＢ版的「樓層之主」神祕召喚句是什麼意思？骸的老婆是什麼身分？都會獲得解釋。

另外ＷＥＢ版深受歡迎的越後屋商會團隊，以及育幼院的小朋友們，也會在本集中提升亮度。

然後，到了王都，那人盯上佐藤啦！

書本版與ＷＥＢ版不一樣，佐藤是在抵達王都之前先認識希嘉八劍的赫密娜小姐，之後在迷宮都市與莉薩對打，展現小部分實力，經過蝴蝶效應才會被人盯上。

寫太多人家會說我破哏，所以第十五集的內容簡介就到此為止。

照例來致謝了！

感謝責任編輯Ａ與責任編輯Ｉ，兩位精確的指正與修改建議，排除了文中不好理解的部分，並提升情節的魅力與臨場感。往後也請持續指導鞭策小弟。

每次都提供美妙插圖，讓爆肝世界多采多姿的插畫家ｓｈｒｉ，真是感激不盡。

再來是KADOKAWA BOOKS編輯部的各位，以及協助本書出版、運送、販賣、宣傳、跨媒體製作的各位朋友，感謝大家。

最後，向各位讀者致上最高謝意！

非常感謝讀者能讀完這本作品！

那麼，我們下集王都篇見了！

愛七ひろ

魔術學園領域的拳王 1~3 待續

Kadokawa Fantastic Novels

作者：下等妙人　插畫：瑠奈璃亞

第二十九屆Fantasia大賞銀賞！
邁向強者的品格，無可匹敵的校園戰鬥劇第三戰！

柴闇遇見了少女凜音——她哥哥為追求力量而離開她的身邊。此時，柴闇等人代表龍帝學園參加國內最大盛事「全領戰」，對上了關東領域最凶悍的「黑冥喚學園」。其中的頂尖選手「九月院瞬崩」正是凜音的哥哥！為了讓兄妹倆重修舊好，柴闇將奮力一戰！

各 **NT$230~240/HK$75~80**

國家圖書館出版品預行編目資料

爆肝工程師的異世界狂想曲 / 愛七ひろ作；李漢庭
譯. -- 初版. -- 臺北市：臺灣角川, 2020.05-
冊；　公分. -- (Kadokawa fantastic novels)
譯自：デスマーチからはじまる異世界狂想曲
ISBN 978-957-743-748-8(第15冊：平裝)

861.57　　　　　　　　　　　　　109003317

Kadokawa
Fantastic
Novels

爆肝工程師的異世界狂想曲 15

（原著名：デスマーチからはじまる異世界狂想曲 15）

2020年5月27日 初版第1刷發行

作者：愛七ひろ
插畫：shri
譯者：李漢庭

發行人：岩崎剛人
總經理：楊淑媄
資深總監：許嘉鴻
總編輯：蔡佩芬
編輯：吳欣怡
美術設計：李思穎
印務：李明修（主任）、張加恩（主任）、張凱棋

發行所：台灣角川股份有限公司
地址：105台北市光復北路11巷44號5樓
電話：（02）2747-2433
傳真：（02）2747-2558
網址：http://www.kadokawa.com.tw
劃撥帳戶：台灣角川股份有限公司
劃撥帳號：19487412
法律顧問：有澤法律事務所
製版：巨茂科技印刷有限公司
ISBN：978-957-743-748-8